CE QUE NOUS SOMMES
À LA FIN,
DES ENFANTS SAUVAGES

Denis Infante
aux Éditions Tristram

Rousse ou Les beaux habitants de l'univers, roman, 2024

Ce que nous sommes à la fin, des enfants sauvages, roman, 2025

Denis Infante

CE QUE NOUS SOMMES À LA FIN, DES ENFANTS SAUVAGES

roman

TRISTRAM

Ouvrage publié avec le concours
de la Région Occitanie Pyrénées Méditerranée

Recevez notre catalogue illustré en écrivant à :
Tristram – BP 90110 – 32002 Auch cedex
tristram@tristram.fr
Consultation : www.tristram.fr

À ma maman

« Tiens ferme à ce qui est noble. »

Ursula K. Le Guin,
Cinq chemins de pardon

1

Cette fille avait une putain de magnifique crinière. Majestueuse, sans pareille. Léonine, mon ami!

Ça ressemblait à une explosion solaire, à une forêt en flammes un soir d'été. À l'éclat de l'or dans les yeux d'un conquistador. À mille chevaux en cavale quand souffle le vent. Un fleuve de lave jaillissant d'un volcan, une cascade de lumière.

Qui éclairait son âme.

Comme on lance loin le regard.

Mais je m'emporte!

Depuis que je l'avais aperçue sur la route de la plage, je ne rêvais que d'une chose, plonger mes mains dans la masse de sa tignasse. En éprouver la résistance, en sentir le soyeux, le rugueux, la chaleur, la charge électrique, en renifler l'odeur que j'imaginais d'une sensualité absolue. Animale.

Mais impossible de l'approcher. Elle était entourée d'une cour de mecs et de gonzesses pendus à ses basques, telle la reine des abeilles au cœur de sa ruche. Et plutôt crever que de frayer avec cette équipe de branleurs et de frimeuses, de branleuses et de frimeurs. Cette bande de la cité haute, avec leurs fringues à 1 000 $ et cet air à la con, genre j'ai tout vu, j'ai tout vécu. Plutôt m'ouvrir les veines. Et que mon sang rouge et brûlant éclabousse ses cheveux d'or, son visage d'ange. Ses yeux émeraude. C'était qu'un catalogue de clichés, la belle nana aux cheveux d'or et aux yeux vert lagon, mais il y avait autre chose qui semblait rayonner d'elle, l'envelopper, comme si l'air autour d'elle vibrait en permanence. Autre chose que j'étais bien incapable de décrire. Quelque chose de plus grand, de plus lointain, sa démarche, son port de tête, cette façon de ne pas être tout à fait là ?

Je savais pas trop. L'impression qu'elle venait d'une autre planète, peut-être ? Pas bêcheuse, pas fière, plutôt genre barrée dans son monde, les yeux baissés souvent, ou comme perdus au loin, genre après l'horizon. Comme si elle voulait s'effacer, ne pas se faire remarquer. Raté, je ne voyais qu'elle. Et il me semblait bien ne pas être le seul dans ce cas, à des kilomètres à la ronde.

Je me demandais d'ailleurs ce qu'elle leur trouvait aux autres comiques pleins aux as. Aux autres rigolos des hauts quartiers avec leur arrogance, leur sale manie de nous lorgner de haut, nous autres, les pauvres, les pouilleux. Elle qui, si j'avais bien compris, vivait *Cité des Cormorans*. Autrement dit, juste à la limite du monde civilisé, là où commencent les terres sauvages. Les hordes de loups et les échangeurs autoroutiers. Elle qui s'attifait n'importe comment, des fringues grises, délavées, usées à la corde, directement décrochées à la fripe du coin. Style passe-muraille. Style personne me reluque. Encore raté.

Pourtant, aucune, aucun qui lui arrivait à la cheville.

Qu'est-ce qu'elle foutait avec ces nazes pourris de fric et de suffisance ?

Je me demandais surtout avec qui, lequel ou allez savoir laquelle, elle s'envoyait en l'air. Avec qui elle allait faire un tour derrière la dune.

Je me demandais surtout si je n'allais pas devenir dingue, à la fin. Zinzin.

Le cerveau cramé.

Mon meilleur copain, mon seul ami, le camarade Raw, celui qui était plus noir que noir, me conseillait de lever le pied, de lâcher l'affaire, parce que je devenais fatigant, lourd, ennuyeux à mourir, pas loin du débile profond et que je me faisais du mal pour rien. « Ou alors tu y vas carrément ! Tu l'entreprends entre quatre z'yeux et tu lui proposes le rancard ! Avec le regard braise et acier. Pas d'équivoque ! Ou c'est oui et tu fonces, ou tu te gamelles et on en parle plus ! Merde, Arthur, tu m'épuises, mec. Tu m'épuises et tu m'inquiètes fort ! »

Mon copain Raw était toujours de bon conseil, du genre vieux sage assis en tailleur sous l'arbre à palabres, celui qui connaît la vie et ses arcanes. Conseils qu'il était bien incapable de s'appliquer à lui-même, lui qui, avec les filles, était du genre timide à se pisser dessus. De toute façon, sur ce coup, je ne pouvais pas me planter. Je ne pouvais pas prendre le risque.

J'en avais des battements de cœur.

Zinzin. Voilà.

Le samedi matin de 8 à 12, je me transformais en Agent de Surface à l'école communale. Pendant quatre heures, je faisais le mariole avec mon chariot à roulettes couinant comme un canard et mes produits d'entretien qui me ramonaient les narines et me brûlaient les yeux.

Je nettoyais les vitres, les sols, les tableaux noirs, les chiottes. S'il me restait du temps je me métamorphosais en Agent des Espaces Verts, râtelant, désherbant, arrosant la pelouse rachitique et pelée et les quelques bacs à fleurs à l'agonie. Toutes ces créatives et passionnantes activités sous la direction et le contrôle de Mme Doumina, Grande Cheffe des employés communaux. Mme Doumina mesurait 1 mètre 55 pour une quarantaine de kilos. Cependant, pour rien au monde je me serais avisé de lui tenir tête, ou faire quoi que ce soit qui pourrait lui déplaire. Quand elle me fixait de ses yeux noirs enfoncés dans leurs orbites, j'évitais de faire le malin et je me remuais les fesses, j'agitais à toute vitesse mon balai brosse ou mon râteau. Mon plumeau ou mon chiffon.

Je l'aimais bien, Mme Doumina, surtout de loin, quand je n'étais pas son employé involontaire.

Je m'étais ramassé cinquante heures de travaux d'intérêt général (TIG) pour coups et blessures ayant entraîné, etc. À mon sens, une pure injustice commise par une pure vieille momie de juge confite dans son mépris pour les déchets dans mon genre. À d'autres époques, elle m'aurait volontiers condamné à cinq ans de bagne, dix ans de galère, ou au supplice de la roue. J'avais lu ça dans ses yeux, cette haine, cette certitude d'avoir le pouvoir sur moi et, la vache, de s'en gaver.

Pourtant, si le racisme est un délit, alors cette dérouillée d'anthologie que je lui avais mise à ce petit merdeux était de la légitime défense. Il avait traité Raw de macaque. Pour le moins pire. Sinon, que les injures classiques, bien crades, afin de bien montrer le fond boueux de son âme. Et pour finir, connaissant la réputation de Raw, il l'avait bousculé, et comme prévu, Raw ne s'était pas défendu. Raw nous dépassait tous d'une bonne tête, Raw soulevait de la fonte tous les matins, Raw à lui tout seul occupait l'espace de 2,5 Cheffes Doumina, mais Raw était un invétéré pacifiste, adepte des méthodes non-violentes et d'une tolérance à toute épreuve, qui selon moi confinait parfois à la stupidité (Raw, parfois me gonflait gravement). Et tous les connards fachos de la région le savaient, y compris cette espèce de larve humaine qui l'avait agressé sans aucune raison, sinon sa pauvre intelligence déficiente. Sinon sa haine puante pour tout ce qui ne lui ressemblait pas (autant ressembler à une déjection canine), et dont il aurait été bien incapable d'expliquer le pourquoi du comment.

Raw ne s'appelait pas Raw, et Raw, malgré ses presque deux mètres et cent kilos de muscles, n'avait rien d'une brute. C'est moi qui lui avais donné ce surnom, parce qu'il s'appelait Romuald et au début, pour l'asticoter un peu, voir si notre amitié naissante n'était pas du flan, s'il y avait quelque chose d'assez solide entre nous pour résister aux chocs. Il m'avait dit : « Raw, comme *brut*? » J'avais fait : « Ouais, comme brut! » « Ça me va! » s'était-il esclaffé en m'envoyant une bourrade amicale qui m'avait à moitié démonté l'épaule.

Et depuis ce jour, c'était Raw. Mon seul ami, le camarade Raw. Le type plus noir que noir aux dreadlocks de folie. Et sa bande de copains, Gandhi, King, Mère Teresa, Mandela, les autres! J'étais d'accord, ils avaient dit et fait de grandes choses, pourtant, à certains moments, il ne fallait pas exagérer! À certains moments, la tolérance, ça revenait à s'écraser platement devant la pure connerie humaine.

Et voilà comment nous en étions venus à la chicorne le rat puant et moi-même, et comment la juge massacreuse de délinquants m'avait collé cinquante heures de TIG.

Et comment j'avais collé la honte à mon meilleur ami.

Qui ne m'en voulait pas.

La preuve, c'était lui planté à la sortie de l'école. Cette école qui accueillait en son sein les futurs brigands/graines d'assassins, dans leur tentative bien évidemment vouée à l'échec de rejoindre le droit chemin. C'était lui qui agitait les bras en sautant sur place, comme si nous ne nous étions pas revus depuis trois mois. Raw était du genre batterie électrique. Un rien et il était rechargé pour la journée.

J'ai refermé le portail derrière moi. Cheffe Doumina a enclenché l'alarme, je l'ai saluée, et j'ai rejoint mon ami Raw.

– Hé Raw ! j'ai fait.

– Hé Arthur ! il a répondu.

Ma mère m'a fait un enfant dans le dos. À mon âge, me retrouver le grand frère d'une sœur de deux ans. Brailleuse et chieuse. C'était, de la part de ma mère, une véritable trahison, un coup de poignard, dans le dos justement. Alors que nous commencions à peine à trouver une sorte de paix, d'équilibre, ma mère et moi. Ne parlons pas de l'épisode cassage de gueule / TIG, évitons le sujet comportement déplorable au lycée, faisons l'impasse sur les nuits blanches, les tarpés, l'alcool, le non rangement de ma chambre et la non participation aux travaux ménagers en général, nous ne nous en sortions pas trop mal, ma mère et moi. Jusqu'à il y a deux ans et trois mois. Le jour de la naissance de ma *sœur* Cloé. Dite Clouclou, dite Cloporte, dite Cloéoptère.

Depuis, c'était l'Enfer sur la Terre.

Depuis j'étais passé, en un instant, du statut d'enfant unique à celui de grand frère. Ma mère avait enfoncé les points sur les « i » à peine avais-je franchi la porte de sa chambre, à la maternité. Il n'y aurait jamais de demi-sœur et de demi-frère. Jusqu'à preuve du contraire, elle avait mis au monde des enfants *entiers*.

Pour qui me prenait-elle ?

J'étais vexé. Jamais de la vie ! j'en étais déjà raide dingue de ma sœur Cloé. Ha ! ha ! ha ! Ma mère avait les traits tirés, des ombres sous les yeux et les cheveux en bataille. J'ai laissé filer. Je lui ai pardonné.

Depuis, c'était fête au village. Le grand huit et le train fantôme.

On se marrait bien.

Dès l'ouverture des hostilités, j'avais dû lui refiler ma chambre, à ma *entièrement* sœur Cloé. Sous prétexte qu'elle était la plus lumineuse, ce qui était un véritable gâchis puisque je vivais en permanence les volets fermés (même pas vrai). Et ainsi elle n'aurait plus à supporter ma musique, et puis ça nous ferait du bien de nous éloigner un peu. Des prétextes nazes. Un couloir à traverser, tu parles d'un éloignement !

Ma mère est insupportable, souvent.

J'ai râlé, pour la forme. J'ai argumenté, je me suis accroché, en vain. C'était couru d'avance. À présent, je ne faisais plus le poids. Et puis, cette turne inexplicablement triangulaire qui servait jusque-là de débarras infâme, tout à coup je me suis dit : « Pourquoi pas ? »

Une fantaisie de l'architecte. Un truc pour faire joli du dehors (ça restait à prouver) mais qui était, de l'intérieur, une absurdité inconfortable, impossible à meubler. Ou bien alors, il avait eu l'intuition de types comme moi, des rigolos, des originaux qui s'y plairaient. Qui, la lutte pour la suprématie masculine perdue, y trouveraient un certain charme et une relative tranquillité. Un abri, quoique précaire, contre les assauts des filles, mère et sœur.

Autant tracer la route en compagnie du camarade Raw.

Nous avions sandwichs et boissons dans nos sacs. Une bière pour moi, je me contrôlais, j'avais tendance à déraper, quant à Raw, c'était eau plate dans un bidon datant d'une guerre oubliée depuis des siècles. Par contre, les sandwichs que sa mère lui préparait étaient à tomber par terre. La mère de Raw était, à l'inverse de la mienne, une cuisinière accomplie et inventive, et comme Raw surveillait son *bol alimentaire*, c'est souvent moi qui finissais son repas, et qui me léchais les doigts. Raw faisait gaffe à sa ligne. Raw ne buvait jamais en dehors des fêtes et encore, pas de quoi se mettre minable. Raw ne fumait pas, Raw me mettait la honte parfois, mais je ne lui en voulais pas, la preuve, nous étions en marche, côte à côte, en quête de l'aventure du samedi après-midi.

Autrement dit, nous allions traîner nos oreilles et nos pifs du côté du front de mer. Espérant mollement tomber sur une étincelle, une brève et éclatante lueur, quelques lignes de groove, des voix humaines. Un parfum captivant, comme quand éclôt le lilas.

Rien de concret, plutôt une simple éventualité. Tout juste un espoir.

Ne voyant rien venir (il était encore tôt, tout le monde était attablé devant les infos de 13 heures), nous sommes allés nous caler le dos aux dunes. Nous avons entamé nos casse-croûte. J'étais affamé. Manier le balai et le râteau, ça creuse. Nous avons contemplé un moment l'océan. L'écume et les déferlantes. J'avais ce spectacle sous les yeux depuis des années, depuis toujours pourrait-on dire et pourtant, à chaque fois, je me laissais prendre, je me laissais envahir. Parfois à peine un instant, parfois des heures durant. Parfois comme hypnotisé, parfois comme galvanisé, comme si enfin, il allait advenir quelque chose de fort. De plus grand que nous. Et bien sûr, personne n'avait jamais vu les eaux s'ouvrir, l'écume se changer en diamants, le vent souffler l'haleine des dieux. Rien n'advenait jamais et pourtant je n'étais ni déçu, ni aigri, ni révolté. C'était là. Des millions d'années. Et d'une façon ou d'une autre, ça m'aidait à me tenir droit.

– Hé, j'ai dit, comment tu t'y prends avec ta sœur ?

– Laquelle ? J'en ai trois !

– Je sais pas… la plus jeune ?

– Rebecca ?! Oh ! il a fait en se bavant dessus, oh ! Rebecca, elle est trop chou.

– Laisse tomber ! j'ai dit.

– Ha ! mon frère, il a dit en me claquant l'épaule d'une bourrade qui m'a projeté à trois mètres de là, tu n'es qu'un petit blanc égoïste à l'âme étriquée !

– Mais non, mais c'est pas ça ! C'est la première fois, j'ai pas l'habitude ! Et puis je connais pas le père !

– Et le tien, tu le connais, ton père ? m'a-t-il rétorqué.

J'ai secoué la tête. C'était un argument débile, j'admettais. J'avais très peu de souvenirs de mon père, mort dans l'accident de son camion de pompier au cours d'une intervention, alors que je n'avais pas un an. Ironie du sort, son intervention, ce jour-là, concernait un accident de la route. Ma mère n'avait pas trop apprécié la cruauté mordante du destin. Elle n'en parlait jamais, cependant répondait volontiers à mes questions sur ce père mythique disparu en accomplissant son devoir. Même si parfois, encore à présent, soudain, elle fondait en larmes.

J'avais croisé de temps à autre quelques-uns des types que s'envoyait ma mère. Pour moi des fantômes, des ombres sans vraiment de consistance. Ils apparaissaient de loin en loin, entre deux portes, au volant d'une voiture, très rarement au bout du fil. Les consignes devaient être strictes. Certains n'avaient pas de nom, ne duraient pas assez longtemps pour avoir un nom. Et celui à qui je devais la chance inouïe d'avoir une petite sœur, une première petite sœur à mon âge, je ne l'avais jamais rencontré. Il était sorti de la vie de ma mère, avant même que je sache qu'elle me préparait ce coup en traître. Avant même que je sache qu'elle était enceinte. Ma mère, parfois, même moi, j'ai du mal à la suivre.

– Tu sais pas la chance que tu as ! a lâché Raw, avec un petit rire triste.

J'ai froncé les sourcils. Je ne voyais pas en quoi vivre avec une mère à moitié folle pouvait être considéré comme une chance. En tout cas, je ne trouvais pas ça très drôle, la plupart du temps.

– Franchement, j'ai ricané, sans rire, je vois vraiment pas !

– De ne pas avoir de père ! a rectifié Raw. De ne pas avoir de père !

Après, nous avons traîné sur le front de mer où il y avait autant d'animation qu'après une extinction massive de l'espèce humaine. Seul le drapeau en loque du casino semblait avoir survécu à l'hécatombe et battait faiblement, agonisant dans la brise. D'un autre côté, nous avions une paix royale, il fallait juste résister à la dépression et à l'envie de noyade. Et au moment où je m'y attendais le moins, le temps est passé d'un coup et c'était déjà l'heure de son cours de théâtre. À vrai dire, Raw était déjà en retard. Nous avons enfourché nos vélos et fouette cocher.

Raw me tannait pour que je m'y inscrive. Il était encore temps. Plutôt que de traîner des heures à glander en l'attendant. Mais je n'étais pas chaud. Je trouvais que c'était quand même un chouïa de l'exhibitionnisme. Un chouïa se la péter. Surtout, j'étais bien trop feignant, cossard, flemmard, pour apprendre par cœur le moindre bout de texte, alors un rôle en entier, c'était tenter la face nord de l'Everest en tongs et un bras attaché dans le dos.

J'allais remonter en selle (pour aller ousque ? dans quelle direction ? aucune idée, j'étais un mec libre) quand Raw est ressorti à toute allure de la salle en agitant les bras tel un démon grimaçant. Je me suis dit qu'il était peut-être déjà absorbé par son rôle, celui d'un fou furieux évadé de l'HP probablement.

– Hé ! il a chuchoté en hurlant, un truc de théâtreux je pense. ELLE S'EST INSCRITE ! ELLE S'EST INSCRITE !

J'ai senti une espèce de décharge électrique ravager mon cerveau, dans une explosion de neurones disjonctés et de flashs de couleurs. Bouche sèche et mâchoire inférieure décrochée.

– Galatée ! Au cours ! Elle s'est inscrite ! a déclaré Raw dans le désordre. Pour être sûr que je comprenne bien, que je ne fasse pas fausse route, il a tracé une espèce de halo ondulé autour de sa tête. Genre crinière folle.

Soudain, il a souri, un sourire ravi et un brin amusé qui remontait jusqu'à ses yeux, tel celui qui va en sortir une bonne.

– Ah non ! non ! ai-je coupé court à son enthousiasme. Pas question !

De la voir sans sa clique d'invertébrés, c'était la voir pour la première fois. C'était se prendre en pleine gueule l'absolue beauté de cette nana. Qu'est-ce que je venais faire dans cette galère (c'était de circonstance). Et toutes les futures vedettes internationales qui me zieutaient comme si j'avais une patate à la place du nez et des oreilles en feuille de chou. Et la merde aux fesses.

C'était exactement ce que je ne pouvais pas supporter, que la plus belle fille du monde me surprenne en pleine crise de panique. Juste au moment où j'avais envie de fuir le combat. Nom d'un chien, j'ai pensé, Raw, tu es l'ami de mes ennemis et je te pourfends de ma haine, félon ! J'ai fait mine de foutre le camp, dans un style pleutre et puceau, mais le bourreau me tenait fermement par le bras et vas-y pour le faire lâcher prise, je ne me coltinais pas des tonnes de fonte tous les matins, moi. Dans ce monde, on ne peut même pas se fier aux non-violents.

Je me suis dit, ce qui nous manque, à Raw et à moi, c'est une tribu, un clan, une banda, n'importe quoi, même pourquoi pas un ramassis de décérébrés, l'important, c'est que je serais le Maître à bord, le Grand Manitou, le Big Boss et c'est moi qui donnerais les ordres, indiquerais la marche à suivre et la direction à prendre, et Raw suivrait, docile et trop content d'être mon dévoué second.

Enfin, tout ça n'était que bouffées délirantes consécutives au choc encaissé, car nous avancions inexorablement vers la lumière, et Galatée, en pleine discussion avec celle qui devait être la prof, la seule ici à ne pas être en noir et gris, la seule ici à porter un peu de couleur, n'était absolument pas intéressée par l'arrivée fracassante du jeune premier encore inconnu du public. Celui qui va exploser les compteurs au box-office.

Elles ont tourné vers nous leurs regards. La prof souriante, un sourcil relevé en point d'interrogation, Galatée sur la réserve. Galatée froide comme le fond diffus de l'univers. Elle me connaissait au moins de vue. Quelques âmes charitables avaient dû lui raconter mes exploits pugilistico-judiciaires. Ou ma situation scolaire quasi désespérée. Elle qu'on disait bonne élève, quasi surdouée.

Je ne pouvais plus reculer. De la voir sans la cour de trouducs qui gravitaient d'habitude autour d'elle, c'était se rendre compte qu'ils n'étaient pas le problème, loin de là, que le problème c'était la terreur qu'elle me méprise, ne supporte pas ma présence, me considère comme une larve insignifiante et ne daigne pas me calculer. J'ai fait ce que je sais faire de mieux en pareil cas, j'ai fait le fortiche, le type à la coule. D'abord j'ai enfoncé mes mains dans les poches de mon jean en me libérant de la poigne de Raw d'un coup d'épaule grave frime, j'ai avancé vers elles en roulant des mécaniques, un sourire genre carnassier aux lèvres. À une autre époque, j'aurais sorti un peigne de ma poche revolver et ratissé la gomina en mâchouillant un chouigomme, j'avais vu ça dans un vieux film. Ma voix intérieure lui disait, je viens de la même zone que toi. Les villages morts, phagocytés par les maisons *individuelles*, les lotissements de zombis, les champs dévastés par la monoculture intensive. Comme toi. Je viens au bahut en vélo tous les matins, toi en bus. L'hiver, il fait nuit noire et on se les gèle.

Mais à part continuer à marcher droit sur la prof et Galatée, comme un dont le cerveau part en roue libre, je ne voyais pas par quel bout commencer notre longue histoire d'amour. Raw, seigneur des fidèles, prince des amis, s'est avancé, m'a dépassé et je me suis arrêté en grinçant.

– Marianne, a commencé Raw (j'appris par la suite que le prénom était de rigueur, le vouvoiement naturel), je vous présente Arthur, mon meilleur ami, et il serait intéressé par…

– Et il ne sait pas parler, ton ami Arthur ? l'a-t-elle interrompu en s'appuyant négligemment sur la table derrière elle, l'air de rien. Cependant, ça lui a cloué le bec à Raw. Il est resté une seconde figé sur place et puis il a dégagé le plateau sans coup férir, me laissant seul face à la prof et son sourire moqueur, ironique, parfaitement maîtrisé. J'ai compris immédiatement que nous avions affaire à une rigolote, du genre à ne pas se laisser marcher sur les orteils, ni à tomber à la renverse devant l'intelligence d'un visage et la beauté romantique d'un regard. J'ai compris immédiatement que j'étais sur le point de m'embarquer dans un fameux pataquès.

À son côté, Galatée avait baissé les yeux, une habitude, faut croire, mais je ne me faisais pas d'illusion, elle observait la tournure des événements de toutes ses antennes déployées. Est-ce qu'elle craignait le clash sanglant entre la prof et moi, ou retenait-elle à grand-peine une crise de fou rire ? Car des comiques cosmiques comme Raw et moi, la mâchoire tombante et l'œil vitreux, elle avait beau être accoutumée (en tant que bombe atomique), elle en voyait rarement de cette qualité. J'ai opté pour la seconde hypothèse, d'autant que le reste de l'assemblée commençait à s'intéresser sérieusement à notre petite scène muette. Certains s'approchaient de nous, sans en avoir l'air, tels des Sioux Lakotas.

Alors j'ai pris sur moi. J'ai dit : Je m'appelle Arthur et je voudrais m'inscrire à votre cours…

– Pourquoi ?! m'a interrompu la prof en se plantant devant moi. Elle me souriait, mais d'une sorte de sourire un peu barjot, avec dans son regard fixe qui me clouait sur place, une lueur du même acabit. J'étais assez perturbé par la proximité inespérée de qui nous savons pour imaginer trois secondes qu'elle avait éventé mon stratagème, notre stratagème, parce que n'oublions pas qui m'avait entraîné dans cette humiliante situation, Raw et ses idées lumineuses, et qu'elle allait me virer séance tenante, et pourquoi pas par la peau du cul. Mais c'était idiot, complètement à côté de la plaque, de la pure paranoïa. Comment la prof aurait-elle pu se douter ? Personne ne pouvait savoir combien je kiffais cette fille. Je ne lui avais jamais parlé, je ne l'avais jamais approchée à moins de dix mètres jusqu'à cet instant.

– Alors ?! Arthur, tu ne sais pas pourquoi tu veux faire du théâtre ?

J'avais l'air malin. Je n'avais jamais réfléchi à la question et pour cause, jamais ça ne m'avait traversé l'esprit, aller faire le guignol sur une scène en déclamant des vieux trucs moisis en alexandrins façon antique, merci bien. Pour ce qui est de me rendre ridicule, je n'ai besoin de personne.

– Je vais te dire, moi non plus je ne sais pas pourquoi je fais du théâtre ! a lancé la prof en riant de sa bonne blague. C'est pas grave, ça n'a pas grande importance et puis les raisons peuvent changer au cours du temps. Ce qui compte, c'est d'avoir l'envie… être acteur, c'est pas raisonnable, c'est du domaine de l'envie, du désir, pas de la raison !

J'ai secoué la tête en signe d'acquiescement. Voilà des paroles qui m'allaient droit au cœur. Elle ne croyait pas si bien dire, la prof de théâtre, c'était pratiquement ma devise, ma philosophie, même si je l'exprimais avec d'autres mots : « L'amour, quand c'est qu'on le fait ? » Le problème, justement, était que pour l'instant, ce n'étaient que des mots. Précisément, des mots dans ma tête, car dans le monde réel, c'était plutôt la misère du slip. Quelque chose comme le grand désert de Gobi. En plus désertique.

À hurler à la mort les soirs de pleine lune. Et tous les autres aussi.

Et puis la prof a tapé dans ses mains. C'était le signe de ralliement. Ils se sont mis en cercle autour d'elle, sans même une bousculade, une tape dans le dos, un gentil croche-patte, pour rire, pour détendre l'atmosphère. J'ai suivi Raw, et nous voilà dans le cercle, Raw à ma droite, Galatée à ma gauche. Je me suis tourné vers Raw et d'un pouce glissant sur ma gorge, je lui ai fait comprendre ce qui l'attendait si tout le bidule tournait au vinaigre. À la cata. Au fiasco.

Il a froncé les sourcils m'incitant à plus de sérieux, avant de tourner son regard vers la prof, pareil au champion du monde des fayots lèche-cul.

– Bien ! a fait la prof, Marianne de son prénom, cette année nous allons travailler sur un texte que, j'en suis sûre, la plupart d'entre vous connaissent, ou du moins son argument : *Roméo et Juliette*, de William Shakespeare. Le titre exact est : *L'Excellente et Lamentable Tragédie de Roméo et Juliette*. Autant vous dire qu'il y a du boulot, mes jeunes collègues !

Ou alors, le noyer dans l'océan, afin d'effacer les indices.

– C'est quoi ? Un nouveau délire ? Où est l'embrouille ? ! Et tu vas te battre avec qui cette fois ? a demandé ma mère sans beaucoup de conviction, sans même détourner le regard du linge qu'elle était en train de ranger. Les fringues de Cloé, minuscules, mais nombreuses. Normal, pour une pisseuse.

Ma mère n'avait pas encore digéré la trilogie bagarre / procès / TIG et je n'avais pas beaucoup à me forcer pour comprendre sa position. Par instinct de survie, j'ai levé les yeux au ciel en soupirant.

– D'accord, je veux bien que tu t'inscrives à ce cours, je veux bien payer l'inscription, d'abord parce que Romuald te le conseille et que j'ai confiance dans les choix de ce garçon…

J'ai dû lever les yeux au ciel et grimacer un soupir une fois de trop, parce que ma mère s'est ruée sur moi, m'a fusillé du regard, m'a fusillé de son index pointé sur ma poitrine, avant de me jeter au visage : Écoute-moi bien Arthur, je veux bien que tu t'inscrives à ce cours, je pense même que c'est une très bonne idée, mais je n'apprécierais pas du tout que tu laisses tomber au beau milieu… Comme à ton habitude !

En enfonçant chaque mot d'un coup de son doigt raidi dans ma poitrine. Au secours ! Y a maltraitance sur mineur !

Ma mère avait eu une aventure avec le théâtre. Quelque chose de bref et intense, façon passage de la comète, qui s'était terminé à la sauvage, à la mort de mon père, autrement dit l'homme de sa vie. Elle n'en parlait jamais, et à l'inverse des questions sur mon père, les rares fois où j'avais essayé d'en savoir plus, elle avait éludé, elle avait fait celle pour qui tout ça, c'est un truc sans importance, depuis belle lurette oublié, sans intérêt, voire vaguement gênant, comme un amour de jeunesse dont on se demande des années après ce que vous lui aviez trouvé à l'époque, à ce type quelconque, marrant comme une crise d'eczéma.

Et je n'avais pas insisté.

À présent qu'elle me tenait sous le feu de son regard furibard, je me suis souvenu d'une enveloppe kraft, sur une étagère quelque part dans la maison, dans un placard, ou un tiroir, ou la malle dans sa chambre qui contenait des photos d'elle, ma mère, en noir et blanc. Une femme inconnue, une fille trop belle, trop lointaine, que sur le coup j'avais eu du mal à reconnaître, du mal à identifier comme ma mère. Et que je m'étais empressé d'enfouir profond dans ma mémoire. Je me souvenais d'une impression que môme je n'avais pas su nommer. Et le mot qui convenait, je le connaissais à présent, c'était *sophistication*.

Ce n'était pas une raison pour me défoncer le sternum ! Je ne prétendais pas me lancer dans une carrière internationale. Je ne voulais pas tomber dans le piège qu'elle me tendait. Je ne voulais pas d'embrouille avec ma mère.

– Je voudrais voir les photos de quand tu étais actrice.

– Oh, ça ?! Je ne sais même pas où elles sont.

– Bien sûr que si, j'ai dit.

– Pourquoi tu dis ça ?! elle a fait.

– Et pourquoi tu veux pas me les montrer ?!

– Tu dis n'importe quoi, mon chéri, pourquoi je ne voudrais pas te les montrer ?!

Je ne voulais pas d'embrouille, mais je ne savais pas m'arrêter, c'était plus fort que moi, il fallait toujours que je la ramène.

– Parce que tu veux jamais en parler, qu'on dirait que tu en as honte ! ai-je lancé.

– Franchement, Arthur, tu commences à m'énerver !

– Je croyais qu'il fallait pas lâcher au beau milieu, t'as dit ?!

Ses yeux, c'étaient deux meurtrières dans un mur de défense, avec va savoir quelles armes démentes prêtes à faire feu planquées derrière. Quelles machines venues des ténèbres.

– Maman ! Maman ! a chouiné Cloé en s'accrochant aux jambes de ma mère.

Avant, lorsque Cloé le Cloporte n'existait pas encore, j'aurais craché mon amertume et ma colère. Avant, j'aurais forcé les défenses, je serais monté à l'assaut, jusqu'à la confrontation finale, celle où il n'y a pas de vainqueur.

– Laisse tomber… j'ai fait en quittant la pièce, pas grave…

J'étais allongé sur mon lit, les mains croisées derrière la tête, dans mon angle aigu, dans mon antre triangulaire, dans mon vaisseau supraluminique. J'avais abandonné l'idée de m'attaquer à mes devoirs. J'avais abandonné l'idée de lire la pièce, j'avais abandonné l'idée d'écouter de la musique. D'ailleurs, est-ce que j'aimais le lycée, les études ? berk. Est-ce que j'aimais le théâtre ? j'me marre. La musique ? bof, on s'en lasse au bout du compte. Alors je rêvais. *Je me souviens des navires en flammes surgissant de l'épaule d'Orion, des rayons C illuminant la porte de Tannhäuser… tous ces souvenirs se perdront, comme des larmes sous la pluie…*

Elle a frappé à la porte et elle est entrée. Elle avait relevé ses cheveux, retenus par une barrette rouge. Ma mère était une femme lumineuse. Quand elle le voulait.

– Tiens ! elle a dit en me tendant une enveloppe en papier kraft qui ressemblait furieusement à celle de mes souvenirs. Voilà ! Les fameuses photos.

Sur certaines, elle était à moitié à poil. Des trucs transparents avec froufrous et dentelles. Des ombres là où il faut. Une moue façon *c'est quand tu veux*. J'ai senti le feu envahir mes joues et je les ai à peine regardées, mais quand même un peu. Du coin de l'œil, disons. C'était vraiment trop bizarre. Certes, pas de quoi les poster sur un site porno, mais quand même ! C'était ma mère, bordel, ma mère !

Sur d'autres, elle était la petite gamine sage et timide qui a peur du loup, sur d'autres, je ne lui conseillais pas, au loup, de venir asticoter la meuf s'il ne voulait pas se faire dépecer vivant. Sur certaines, j'avais du mal à la reconnaître, une en particulier où elle avait un jean déchiré, une chemise blanche déboutonnée jusqu'au nombril et la clope au bec, sur un fond de mur graffé sauvage. Je n'avais jamais vu ma mère fumer, surtout avec un tel regard. Noir et destroy, genre cheffe de gang à Detroit (pour la rime). C'était la seule en couleur, les autres étaient toutes en noir et blanc, dans un éclairage chiadé, avec contre-jour, friselis de lumière sur la joue et l'arrondi de l'épaule, sophistiquées, voilà. Elle avait quel âge à l'époque ? dix-huit, vingt ans à tout casser !

Pour résumer, une fille sacrément canon.

Je me suis demandé si je la connaissais vraiment, ma mère. S'il n'y avait pas toute une partie de sa vie qui m'était inconnue. Et je ne parle pas de la fabrication clandestine de ma petite sœur. Des mecs qui passaient dans sa vie de temps à autre.

C'était autre chose. Qui m'échappait. Qu'elle me cachait aussi. Elle n'était pas que la femme au foyer toujours en train de préparer le repas, ranger le linge, faire le ménage, bosser comme caissière dans un supermarché à la con, toujours en train de courir après le temps, les cheveux en bataille et fringuée à la va-comme-j'te-pousse. Ça m'ouvrait des horizons, comme on dit, et je n'étais pas très sûr d'avoir envie d'approfondir le sujet. Je ne savais pas trop si j'allais kiffer ou détester.

Bien sûr, elle posait. Rien de naturel. Rien de vraiment personnel. Elle jouait, elle jouait la comédie. C'était son boulot à l'époque. Faire comme si elle était ceci, comme si elle était cela.

Je me suis demandé si j'aurais aimé qu'elle continue, si j'aurais aimé la voir au théâtre ou au ciné, si j'aurais aimé la voir dans des scènes un peu cheloues ?

J'ai essayé d'imaginer Galatée à la place de ma mère sur les photos, Galatée prenant d'autres poses pour son *book*, de celles qui font monter la température dans le cramoisi et comme il se doit j'étais le mec derrière l'appareil photo, le mec qui lui disait penche-toi en avant, bouge ton bras, écarte un peu plus les jambes. J'ai senti que ça allait déraper, genre branlette solitaire et déception consécutive.

J'ai rangé les photos de ma mère dans leur enveloppe et la lui ai rendue.

– Alors ?! elle a fait. Ça t'a plu ?

– Mouais ! j'ai dit.

– Tu n'as pas l'air très enthousiaste !

– Si, si ! j'ai fait.

– Tu veux toujours faire du théâtre ?! elle a demandé, d'un ton qui m'a paru je dirais insidieux (j'aimais bien ce mot).

Je l'ai fixée un moment, droit dans les yeux. J'ai bien vu qu'elle voyait parfaitement ce que j'avais vu d'elle.

– Je vais faire un tour, j'ai dit.

Toute la semaine, j'ai tourné dans ma tête le pour : la présence de Galatée, la possibilité de l'approcher et peut-être de très près, jusqu'à, fantasmons un peu, aller au contact (chouette formule) ; rester le temps du cours avec Raw plutôt que tourner en rond et m'emmerder à cent sous l'heure en l'attendant. Et le contre : j'étais vraiment trop cossard, j'avais horreur d'apprendre par cœur, j'avais horreur de faire longtemps la même chose et, comme disait certaine, j'abandonnais toujours tout en route. Et puis les photos de ma mère m'avaient fichu un coup. C'était encore embrouillé, pas clair, mais je n'étais pas chaud pour remuer tout ça. Je me voyais mal bricoler en parfait glandeur là où elle avait entamé une vraie carrière, interrompue on savait pourquoi. On savait ce que cette cochonnerie de vie lui avait réservé. Spécialement à elle, la fille canon, celle à qui l'avenir souriait de toutes ses dents.

Je me suis pris la tête avec Raw, parce que, c'était couru d'avance, pas la peine de passer des heures avec une balance à la main, j'avais décidé de laisser tomber. C'était plus simple. Et puis, je n'étais pas idiot, Galatée, jamais je pourrais l'approcher, jamais j'aurais le courage et ça me mettait en rogne. Aller au contact, mon œil.

Raw voulait à tout prix savoir pourquoi *j'abandonnais avant de commencer*. J'ai inventé n'importe quelles excuses débiles, l'idée générale était que ce n'était pas fait pour moi.

– Comment tu peux savoir ? T'as même pas essayé !

J'ai eu l'impression d'entendre ma mère.

– Et puis, apprendre des pages de trucs à la mords-moi, merci bien, j'ai dit.

– Mais c'est pas que ça, le théâtre ! Qu'est-ce que tu crois ? C'est pas que des mots ! C'est des actions aussi, des sentiments !

– Pouah ! j'ai hurlé comme un qui vient de mettre par inadvertance le pied dans du caca.

Peut-être qu'il allait me prendre la tête jusqu'à ce que mort s'ensuive. Il était comme ça Raw, toujours à vous sortir des réflexions imbitables. Raw, maître en ratiocination, diplômé en chicaillage, si ça existe.

Nous étions dans le square Gagarine, assis sur un tronc d'arbre mort à l'écart du passage, derrière une cabane à moitié déglinguée, mais qui faisait son possible pour rester debout. Notre territoire perso, à Raw et moi. Là où nous passions nos journées quand il n'y avait rien de mieux sur notre agenda, c'est-à-dire 90 % du temps. Le square Gagarine, au pied des barres, avec une pelouse en mort cérébrale, des jeux pas mal bousillés, mais des arbres énormes et magnifiques qui devaient être là depuis bien avant nous, bien avant les exploits astronomiques du gars Y. G.

J'ai entendu leurs voix avant de les voir. Galatée et ses poissons-pilotes. Ils piaillaient à qui mieux mieux en tournoyant autour d'elle telle une nuée de moustiques, telles les ouvrières autour de la reine des fourmis, enfin ce genre de comparaison dont j'avais la tête farcie.

Et tout à coup, elle s'est arrêtée au milieu de l'allée, comme si elle se souvenait soudain d'un truc urgentissime, elle a fait un signe de la main à la troupe que je n'ai pas bien compris, et elle a avancé droit sur nous, Raw et moi. Les autres sont restés plantés sans bouger au milieu du chemin, comme si elle leur avait débranché l'alimentation, comme des imbéciles qu'ils étaient.

Raw lui tournait le dos, mais quand ma mâchoire s'est à moitié décrochée il m'a regardé avec un drôle d'air, en fronçant les sourcils, genre inquiet pour ma santé, et il s'est retourné.

– Salut ! a fait Galatée.

– Yé ! a fait Raw, ni désarçonné, ni paralysé, ni rien. Aucun symptôme d'arrêt cardiaque. J'avais l'impression que c'était une vieille habitude chez lui, de s'adresser à Galatée. Moi, j'étais étonné que ce soit si facile de parler, parce que personnellement je ne me rappelais plus la procédure.

– Tu es un ancien du cours de Marianne, tu la connais bien, tu crois qu'elle prendrait une élève en plus ? elle a demandé à Raw.

Raw a réfléchi, il n'avait pas l'air convaincu.

– C'est pour Janine ! Une copine ! a ajouté Galatée.

– Hmm ! a fait Raw, en se grattant le menton, la mine du type impliqué à mort, comme si c'était une précision qui allait changer la donne.

Je me suis dit que puisqu'ils n'avaient pas besoin de moi, les deux là, à discutailler comme deux vieilles branches, j'allais creuser un trou dans le sol et disparaître. Une bonne fois pour toutes. Qu'on n'en parle plus.

– Dis à ta copine de venir samedi, elle peut tenter le coup, et puis souvent y en a qui craquent dès les premières semaines.

– OK ! Super ! a fait Galatée en souriant. Un sourire un peu forcé, avec ce bref éclat de lumière, pourtant.

Imaginons le retour du soleil après un hiver atomique de mille ans, la douceur de l'air, la chaleur revenue dans nos membres congelés, les couleurs éclatantes du monde, le bleu saturé du ciel. Puis son regard s'est posé sur moi une seconde, et j'ai compris que j'étais perdu, qu'il n'y aurait pas de miséricorde. J'ai senti la caresse de la lame, fine, aiguë, avec des barbelures pour que ça fasse bien mal.

– Hé ! À samedi alors !

– Hé ! a fait Raw.

J'ai levé la main, genre salut entre partenaires, j'ai préféré la boucler.

Nous l'avons regardée rejoindre sa bande, qui n'avait pas bougé tout ce temps. Pour ma part, je trouvais qu'elle avait vraiment un beau cul.

– C'était quoi, ça ? j'ai dit, me réveillant d'un drôle de rêve.

– Quoi ?!

– Ça ! La meuf Galatée qui vient nous brancher !

– Je comprends pas ! a fait Raw.

J'ai levé les yeux au ciel. Raw était mon meilleur ami, Raw était connu pour être un garçon très intelligent, n'empêche, côté rapport humain, rapport avec les gonzesses, c'était une vraie buse. Il n'avait pas fait la mise à jour depuis les années d'avant-guerre.

– Laisse béton ! j'ai fait. Une expression total ringarde mais qui collait parfaitement au personnage.

– Je comprends pas ! il a répété.

– Quoi ?! Ça te paraît normal qu'elle s'amène comme ça, devant tous ses rigolos, pour nous parler à nous ?! À nous, mec !

– Ben ! ouais, je vois pas ce que tu trouves étrange !

– Ben merde ! Qu'est-ce qui t'faut ! Et ho ! c'est de Galatée qu'on parle là ! Tu sais, Galatée !

– T'es parano, Arthur !

– C'est ça ! C'est ça ! Allez, salut !

J'ai sauté sur mon biclou et je l'ai planté là ! Il m'avait soûlé !

Je ne sais pas pourquoi, mais un rien et j'ai envie de tout casser.

Le samedi, à 14 heures tapantes, j'étais devant la porte de la MJC, flanqué de mon fidèle compagnon et ami, Romuald M'Boko. Nous étions les premiers, une manie chez Raw d'être toujours en avance. L'air de rien je lançais de fréquents coups d'œil à droite à gauche, mais je ne voyais rien venir. Même pas le soleil qui poudroie. Il pleuvait depuis le matin. Ça ne m'avait pas poussé à faire du zèle durant mes quatre heures de TIG.

La porte s'est ouverte dans notre dos.

– Bonjour, a fait Marianne, vous êtes à l'heure. C'est bien ! Une qualité lorsqu'on fait partie d'une troupe.

Elle nous a souri en nous faisant signe d'entrer. J'ai jeté un dernier regard en arrière. Pas de Galatée. Les autres gentils membres arrivaient aussi. Certains couraient, leur sac à dos sur la tête, pour se protéger du déluge. En suivant la prof et Raw à l'intérieur, je me suis dit que peut-être Galatée était en sucre, et qu'elle craignait de fondre sous l'averse. Je me suis dit aussi que ça démarrait fort, les cours de théâtre de Mademoiselle (c'était l'usage, paraît-il, chez les théâtreux) Marianne Fishberg. J'aurais bien F5isé toute cette histoire.

Encore une fois, une preuve de ma parano, de mon goût pour l'échec, le bien noir, le négatif, car Galatée s'est pointée, la crinière dégoulinante mais toujours aussi bandante. Elle était accompagnée d'une nana du style filiforme, grande gigue, un peu voûtée, la peau blanche, presque bleue à cause du froid, le cheveu aussi ras raide et noir que Galatée les portait longs bouclés et blonds. Elle se tenait en retrait derrière Galatée. La fameuse Janine pour sûr. Vachement timide la meuf. Je voyais le style, coincée et anorexique, gothico-punk et mutique. Fringues noires cloutées, lèvres et orbites sombres, piercings dans les sourcils, le nez et berk la langue, et l'allure de celle que le monde accable et dégoûte. No futur, no présent, no passé ! La vraie classe.

Galatée a entrepris la prof, tandis que punkie Janine restait planquée dans son dos. Je me suis demandé d'où Galatée la sortait. Je ne l'avais jamais remarquée parmi les glandos qui l'entouraient en permanence. Et sans trop savoir pourquoi, j'étais persuadé que Galatée n'avait dit à aucun d'eux qu'elle était inscrite à un cours de théâtre. C'était son petit secret. Je ne savais pas quoi faire de cette info, mais ça m'a rendu optimiste, comme si une faille s'était entrouverte dans la muraille. Quant au père Raw, j'ai eu l'impression que la dénommée Janine lui avait tapé dans l'œil, avec clous, piercings, lipstick noir et regard plus noir encore, regard charbonneux je dirais. Charbonneux et d'un romantisme post-apocalyptique. Ça ne m'étonnait pas de lui, Raw avait ce côté protecteur des espèces menacées.

La prof, d'un bond, a sauté sur la scène, telle la championne du monde de gymnastique qu'elle avait été (j'avais cherché sur le net). J'ai failli applaudir. Elle s'est plantée devant nous et nous a observés, un sourire en biais aux lèvres (narquois ?). Genre, qu'est-ce que je vais pouvoir tirer de cette troupaille hétéroclite de blancs-becs mal dégrossis.

Bien ! a t elle lancé, il est temps de s'y mettre non ? Premièrement, on éteint les portables, on les met dans les sacs et les sacs au vestiaire !

Un vent de panique a soufflé sur la petite équipe, elle leur aurait ordonné de tous se foutre à poil qu'ils n'auraient pas trouvé ça moins horrible. Les voilà tous traînant des pieds, une gueule de trois pans de long, vers les sacs à dos jetés en vrac dans un coin.

– Et toi, mon jeune Arthur, tu es auto-dispensé ? a fait *Mademoiselle* Marianne.

– J'en ai pas ! j'ai dit.

– Oh ! elle a fait, en levant les sourcils, comme si elle avait trouvé l'oiseau rare. Le rebelle, celui qui dit *fuque* aux GAGAFAM.

J'avais voulu prendre un selfie avec Raw sur l'estacade et à force de fous rires déments et de clowneries débiles, mon portable était tombé à la mer. Ma mère refusait dur comme fer de m'en acheter un autre, au risque de voir son fils sombrer au plus bas de l'échelle sociale. C'était moins glamour que d'être le dernier survivant du monde naturel, aussi je me suis bien gardé de l'ouvrir, je ne voulais pas briser ses illusions à Mlle Marianne. Le temps que les autres reviennent, elle m'a tenu sous son regard. Je me suis demandé si elle me draguait ou quoi. Parce que d'accord, j'étais le garçon le plus sexy à l'ouest du Rio Grande, cependant, *Mademoiselle Marianne, mon cœur est déjà pris et mon âme brûle pour d'autres yeux*. Enfin, ce genre de choses.

Raw s'était débrouillé pour être à côté de la nouvelle et j'ai compris très vite pourquoi, quand la prof nous a demandé de nous allonger par terre, de tenir la main de nos voisines ou voisins et de nous imaginer comme un seul grand corps. Raw était un vieux briscard du cours et il avait dû prévoir le coup, j'étais un jeune novice et je me retrouvais à mille kilomètres de Galatée, coincé entre un mec à la main moite à ma gauche et personne à ma droite. Et pour ce qui était de m'imaginer faire partie d'un seul grand corps, ça me refilait juste la gerbe et plutôt mourir.

Entre parenthèses, si quelqu'un avait une idée de ce que cela voulait dire, sans être obligatoirement obscène et répugnant, j'étais preneur, parce que moi, je séchais sur ce coup !

Nous sommes restés une éternité allongés sur le parquet, la paluche gauche baignant dans la moiteur, à nous imaginer comme un seul grand corps (toujours pas d'idée ?), enfin la prof nous a demandé de nous relever et de circuler en zigzags dans toutes les directions en évitant de nous cogner les uns aux autres. Il y a eu une petite seconde de flottement, à nous gratter la tête et regarder le plafond, et puis Raw et quelques anciens qui connaissaient le truc se sont lancés, slalomant entre nous à toute berzingue, et tout le monde a suivi leur exemple, encouragé par Cheffe Marianne sur son estrade.

Vus d'en haut, nous devions ressembler à un banc de poissons paniqués quand déboulent les requins, en tout cas à une bande de nonos en manque de *lexomil*®. Les premières minutes c'était la confusion totale, bousculades, arrêts brusques, départs ratés, coups de coudes et pieds écrasés. J'ai pensé aux autos-tamponneuses de ma jeunesse. Et puis peu à peu, alors que nous transpirions tels des bœufs au labour sous le regard sadiquement goguenard de la prof, les chocs et collisions ont diminué jusqu'à complètement cesser. Je ne voyais pas trop ce que cela avait à voir avec le théâtre mais c'était marrant, et quand j'ai frôlé deux ou trois fois Galatée, et qu'elle ne m'a pas jeté, je ne me suis plus trop posé la question. J'ai zigzagué à fond de train, suant comme un morceau de beurre oublié au soleil, en tentant de la croiser au maximum. Mais c'était pas gagné. Il m'a semblé que tout le monde avait la même tactique que moi ou je rêve.

Ont suivi toute une flopée d'exercices du même tonneau, tous plus ou moins stupides (à mon goût), et pour certains limite ridicules. J'étais bien content que tous les portables soient éteints, il n'aurait plus manqué que de voir nos tronches de zèbres sautillant dans tous les sens se répandre sur les réseaux.

Toutes ces activités bien cheloues étant censées développer la cohérence du groupe, selon la prof. Très vite j'ai constaté qu'en fait de cohésion, il y avait le groupe des Enthousiastes qui en redemandaient, tels des oisillons affamés, celui des Dubitatifs qui démarraient toujours un peu en retard, le temps de voir venir, et les moins nombreux, les carrément Récalcitrants, appelés aussi Ceux qui ne vont pas faire long feu à mon avis. Raw et Galatée, comme on s'en doute, faisaient partie du premier groupe, un sourire en acier trempé accroché aux lèvres et les yeux écarquillés. Janine du deuxième, mais j'avais l'impression que c'était sa position naturelle, avec option pour le passage dans le premier groupe, si ce n'était pas faire preuve de trop de jubilation, tout à coup, de trop de bonheur de vivre. Et pour ma part, je me suis fait une raison, j'ai abandonné lâchement les camarades récalcitrants, pourtant ceux avec qui je me sentais le plus *en cohésion*, pour rejoindre les Enthousiastes.

L'amour rend faible et ramollit le cerveau, aucun doute là-dessus.

À la fin du cours, j'avais les jambes flageolantes et mal partout.

– Alors ?! a fait Raw, les yeux brillants et le sourire béat.

– Ouais ! j'ai répondu prudemment. Je ne savais pas que je m'étais inscrit à un cours de gym !

– Je t'avais dit, le théâtre c'est pas que des mots !

– Haha ! j'ai fait, du peu de souffle qu'il me restait.

Il pleuvait depuis des jours, une pluie glacée et drue, une sorte de neige à moitié fondue tombant sans interruption d'un ciel plombé, genre qui pèse comme un couvercle, un couvercle de poubelle débordante probablement. Plus moyen de mettre le nez dehors sans risquer la mort, d'attraper une fluxion de poitrine ou de se péter une jambe en dérapant sur mon vélo dans cette espèce de marmelade de glace.

Je tournais en rond dans mon triangle, telle la bête en cage, plutôt tel le barjot complet dans sa cellule capitonnée. Ma mère en profitait salement pour me coller de plus en plus souvent le Cloporte entre les pattes et filer sans demander son reste. À voir comme elle se pomponnait, vraiment une belle nana malgré son grand âge, maquillage, parfum, boucles d'oreilles et tout le tremblement avant de prendre la tangente et nous laisser à notre triste sort ma sœur et moi, je supposais qu'il y avait un type dans le coup. Un de plus. J'espérais que cette fois elle n'allait pas nous fabriquer un petit dernier. J'essayais de ne pas trop lui en vouloir, pas jouer les machos à la con, pas la juger, j'essayais de le prendre relax, cependant je l'avais mauvaise.

Ce jour-là elle est rentrée de sa virée avec presque deux heures de retard, et j'avais eu envie de jeter ma sœur par la fenêtre au minimum un millier de fois et de l'étrangler à peu près autant. Pour se faire pardonner elle rapportait des pizzas. Des vraies du camion, pas des rondelles en plastique surgelées de l'HyperTruc. Ça sentait bon le pain chaud et l'huile d'olive. J'ai enterré la hache de guerre en salivant d'avance.

Elle s'est servi une bière et m'en a même refilé un fond de verre, genre portion pour avorton. J'ai gloussé intérieurement. Si elle savait, si elle connaissait ma consommation, elle tomberait à la renverse ! En attendant elle se la jouait copain copine, mais moi je trouvais qu'elle en faisait un peu trop, que ça sentait l'arnaque. Cloé m'avait vraiment poussé à bout avec ses pleurnicheries à répétition, ses caprices tuants, le foutoir invraisemblable qu'elle laissait derrière elle et jusque dans ma chambre, j'le crois pas, ma chambre, mon seul abri sur cette terre. Et maintenant qu'elle était enfin couchée et que je me retrouvais seul avec ma mère, j'avais du mal à ne pas exploser.

– J'en ai marre ! j'ai fait.

– Marre ?! elle a répété en levant les sourcils, comme si elle ne comprenait pas de quoi je parlais.

Mon œil !

– Marre de garder la mioche pendant que tu t'éclates avec j'sais pas qui !... Avec qui d'abord ?!

Je me suis dit que si c'était encore avec le père du monstre, j'allais vraiment péter un câble.

– Avec personne ! elle a fait. Et ta sœur a un nom, je te rappelle... Et puis ça ne te regarde pas, Arthur !

– Ah ouais ! Que ma mère sorte tous les après-midi et nous abandonne pour se taper un mec, ça me regarde pas !?

– Non !

– C'est la meilleure ! j'ai beuglé.

– Et ne te mêle plus jamais de mes amours !

D'un ton tranchant comme du verre.

– Tes amours ?!

J'ai ricané, un ricanement bien grinçant, bien crade, bien sardonique, et la baffe qu'elle m'a balancée m'a dévissé la tête d'un demi-tour, tandis que ma portion de pizza allait valdinguer contre le mur, paf, avant de glisser jusqu'au sol comme une bouse de vache.

Nous nous sommes regardés sans moufter jusqu'à la fin des temps, ma mère et moi. Personne ne voulait baisser les yeux, personne ne voulait perdre la face. Ma joue me brûlait terrible, je sentais la forme de sa main, ses cinq doigts et ses bagues, comme imprimés sur ma peau et j'avais envie de gerber, ou de renverser la table, ou de mourir.

Ma mère était pétrifiée, livide, comme si tout son sang s'était évaporé d'un coup.

Il y avait une éternité qu'elle n'avait pas levé la main sur moi, si c'était jamais arrivé un jour. À présent j'étais plus grand et plus fort qu'elle, à présent je pouvais lui rendre coup pour coup, lui faire vraiment mal, et ça me terrifiait. Je serrais les poings sous la table et ma mâchoire était soudée.

Je sentais toute cette colère en moi, comme de l'eau glacée, comme du métal en fusion, comme des tonnes de terre m'écrasant vivant. Me coupant le souffle. Toute cette haine qui débordait, qui remplissait le salon, la maison, la ville entière ! La violence et le goût sauvage de la baston. Frapper, frapper, faire mal, faire plier l'ennemi. Mais pas ma mère ! Les connards, les mous du bulbe, les petits fielleux fachos, n'importe qui d'accord pour leur foutre sur la gueule, mais pas ma mère !

Pas ma mère !

J'ai foncé dans ma chambre et j'ai claqué la porte derrière moi. Les murs en carton ont tremblé, des débris de plâtre sont tombés. Je voyais trouble, les yeux pleins de larmes, le cœur battant à tout rompre. J'ai entendu ma sœur chouiner, puis appeler maman, maman, en braillant.

Je l'avais réveillée. Ma mère est venue la consoler. Je l'entendais murmurer et Clouclou bramer qu'elle avait peur.

C'est bien fait, je me suis dit. Qu'elle chiale toute la nuit, que sa mère s'occupe d'elle pour changer, qu'on rigole un peu. C'était du bluff, de la pure frime, je ressentais exactement l'inverse et ça me démontait. Un chagrin immense, un amour immense, qui me broyait la poitrine, qui me dépassait, contre lequel je ne pouvais pas vaincre. J'ai enfoncé ma tête dans l'oreiller pour ne plus les entendre. J'avais l'impression de me noyer dans mes propres sanglots.

Je ne sais pas si c'était ce temps pourri qui durait depuis des semaines, ou un problème d'hormones en folie, ou la connerie crasse et indélébile de quelques-uns, mais il y avait de la castagne au bahut. Une drôle d'ambiance, comme une surcharge électrique qui vous chatouillait la colonne vertébrale, comme des fourmis rouges qui vous grimperaient dans les pattes, comme un goût bizarre, métallique, dans la bouche. Pas le genre de climat qui me déplaisait d'habitude, pourtant cette fois je me tenais gentiment à l'écart, je faisais profil bas, je passais mon tour. Il me restait trois samedis de TIG à tirer et, comment dire, même si je kiffais grave Cheffe Doumina, j'en avais ma dose du râteau et de la balayette à chiotte. Et plus que tout, je ne tenais pas à retomber entre les griffes de la juge sadique.

Gagarine avait les pieds dans l'eau, alors, avec Raw, nous allions nous réfugier dans une ancienne cahute d'affût à l'orée de la pinède, côté dunes. Il fallait se mettre à quatre pattes pour entrer, elle prenait l'eau par son toit de planches et il y avait une vague odeur de chacal qui stagnait, mais c'était mieux que rien. C'était le dernier endroit à la mode, embruns iodés et grondement affaibli de l'océan. Nous comations gentiment, affalés sur un bat-flanc agrémenté d'un confortable matelas de fougères d'un beau roux fané. J'éclusais une bière ou deux, de temps à autre j'avais de quoi me rouler un cône des familles, mais ce n'était pas l'abondance dernièrement, c'était carrément la pénurie côté beuh et pas question de toucher à autre chose. Encore heureux que Raw ne fume pas, je n'avais pas à faire tourner.

Je parlais pour deux. Je lui prédisais un grandiose avenir dans le théâtre. Je le voyais *brûler les planches*, s'emparant des plus beaux rôles du répertoire. Là je restais dans le flou, n'ayant aucune idée de ce que cela pouvait être, à part bien sûr notre ami Montaigu. Je le voyais entouré de gonzesses pas croyables, des bombasses avec des nichons comme ça. Et des mecs aussi, accrochés à ses basques. Il ferait le tour du monde, plusieurs fois, adulé par les foules, jalousé par ses partenaires. On le verrait à la télé, au cinoche, sur les réseaux, on le reconnaîtrait dans la rue. Il devrait se planquer pour échapper à ses admiratrices et teurs. Aux paparazzi. À lui les palaces, les jets privés, les limousines aux vitres teintées, tous ces trucs à la con dont nous n'avions rien à battre. Quant à moi, je n'avais pas de vision très claire, j'avais du mal à imaginer mon futur, mais je voyais quelque chose de géant, pas de doute ! Et bien sûr, nous resterions les meilleurs amis du monde. Hé ! j'ai dit, je serai peut-être ton impresario, ou un machin dans le genre ?

Pour revenir un peu sur terre et dans l'actualité, je racontais comment je voyais la suite des événements avec la fille aux cheveux de lionne et Janine la punkette aux guibolles allumettes. Comment elles allaient nous tomber toutes cuites dans les bras, parce que tu vois, Raw, chacun dans son style on est des cadors tous les deux, des djeun's à la coule, exactement les gars rigoureusement modernes et à fond dans le loop, tu vois ! Irrésistibles, je dirais. Il suffit juste qu'elles s'en rendent compte et l'affaire est dans le sac et les louloutes dans nos lits.

Ça le faisait rire. Ou plutôt, parce que c'était un vrai pote, il se forçait à rire de mes inepties, un rire un peu triste, sous-vitaminé.

Ces temps-ci Raw n'avait pas la pêche. Il essayait de donner le change, cependant, s'il était bon acteur sur les planches (j'aimais vraiment cette expression) d'après les bruits qui circulaient parmi les anciens du cours, dans la vie réelle il jouait comme un cochon, il ne bernait personne et sûrement pas son meilleur ami, le gars Arthur. Je n'y croyais pas une seconde à ce rire. Et ça me pesait sur le cœur.

La pluie s'est arrêtée et je lui ai proposé de sortir de ce trou à rat, d'aller prendre l'air du large. Nous nous sommes calés le dos à la dune, face à l'océan gris vert à moitié effacé par la brume.

Un froid de gueux, mais on était bien, on était les rois. Notre activité préférée, juste après tenter de pécho la gonzesse.

– Hé Raw ! j'ai fait.

– Hé Arthur ! il a fait en me souriant, comme si le soleil était revenu et inondait son âme.

Un vrai pote, un ami à la vie à la mort.

– Qu'est-ce qu'il y a, mon gars ? j'ai demandé.

– Hé ! Ça va ! Ça va !

– À d'autres, j'ai dit... Ton vieux ?!

Il a fait oui de la tête, qu'il a gardée baissée.

Son père était malade, très malade et depuis longtemps, et plus sa maladie empirait, plus il se déglinguait, plus il rendait la vie impossible à sa famille, et surtout à Raw, l'aîné, le garçon, l'héritier, le futur chef du clan M'Boko. Il voulait qu'il soit le meilleur. Le plus beau, le plus fort, le plus sérieux, le plus tout. Comme culpabilité mortelle sur les épaules d'un petit gars, y avait pas mieux. Et tel que je connaissais Raw, pas question qu'il se révolte, qu'il envoie tout balader. Il préférait prendre sur lui, obéir sans discuter, même aux ordres les plus injustes, les plus débiles, et ça me mettait en rogne. D'autant plus que je pouvais fermer ma grande gueule, parce qu'en matière de paternel je n'avais pas grande expérience. J'étais le type ignare. Je ne voulais pas le blesser.

– Il veut que je me coupe les cheveux… il dit que les dreadlocks ça fait sale, ça fait mauvais genre ! Ça fait *africain…*

– Envoie le chier ! j'ai ouvert ma grande gueule. Je n'avais pas tenu longtemps.

Il a soupiré. Il a pris une poignée de sable qu'il a laissé couler entre ses doigts. Il était coincé. Il portait ce poids dans son cœur. Lourd comme une montagne de fer.

– Pour cette fois, j'ai dit, juste cette fois, tiens-lui tête ! C'est vraiment moche et dégueulasse ce qui arrive à ton vieux, on est d'accord, mais tu ne peux pas tout accepter ! C'est pas juste ! Tu n'y es pour rien ! Tout, mec, mais pas tes dreads, les filles, elles en sont barjes !

Il a fait d'accord d'un signe de la tête, pour me faire plaisir, je le voyais bien. Il ne se croyait pas capable de résister à son paternel, et ça le rendait amer, ça lui cassait le moral. Et moi, ça me cassait le moral de voir mon pote triste comme pas permis.

Tout à coup, comme par magie, le crachin grisâtre s'est transformé en lumière et la lumière en neige, des flocons énormes, serrés, d'une blancheur incroyable dans le gris du ciel, qui voletaient et tourbillonnaient dans le vent léger sans jamais vouloir toucher le sol. Comme du pollen, de la poussière de plâtre, des papillons à peine nés, des bouts de papier sur lesquels rien n'était écrit, aucun destin, aucune règle à suivre, pas d'interdit. Que le beau, le merveilleux, le puissant. Le désirable.

Nous avons regardé la dune et la plage se couvrir de toute cette blancheur, avec des yeux comme des billes qui nous sortaient des orbites, comme si c'était la première fois que nous voyions la neige tomber. Et peut-être que c'était la première fois, peut-être que la neige tombe toujours pour la première fois. Va savoir.

En tout cas c'était tordant de voir la bouille noire de chez noir de Raw se découper sur ce fond blanc de chez blanc. Non, pas tordant, impressionnant. Superbe. Un roi antique revenu parmi nous. Nous apporter la paix, la richesse et la gloire.

Et puis d'un bond, comme un seul homme, nous nous sommes levés et nous sommes mis à danser, à hurler, à rire, à sauter en l'air, à rouler-bouler sur le dos de la dune, comme des barjots, des fous furieux, les vrais frappadingues. Deux keums hilares, deux gosses débordant d'une joie sauvage et d'énergie à revendre !

Notre vie, notre putain de jeunesse !

J'ai dit salut à Cheffe Doumina. C'était mon dernier jour et ça me collait le bourdon de la laisser toute seule dans cette école vide, avec ses balais et serpillières. J'avais l'impression de déserter. J'ai pensé à ma mère enchaînée à sa caisse des heures durant, à son mal de dos, à sa fatigue permanente, à son vicelard de chefaillon qui lui tournait autour en bavant comme un porc en rut, comme un crapaud pustuleux, et je me suis promis d'être plus sympa avec elle, de faire des efforts. De m'occuper un peu plus de Clouclou.

J'étais un gars sensible dans le fond. Sensible et gentil.

– Alors, Arthur, prends garde à toi ! a fait Cheffe Doumina. Et ne refais plus le con, je ne voudrais pas t'avoir à nouveau dans les pattes ! Allez, bon vent mon petit ! T'es un bon gars !

On a checké. Le poing, le coude, main sur le front, main sur le palpitant, le coude, le poing, tout bien dans l'ordre en se regardant dans les yeux. Un sans-faute. Je n'étais pas le premier matamore auquel Mme Doumina avait eu affaire dans sa vie de Grande Cheffe du nettoyage, elle avait l'expérience.

Raw n'était pas devant l'école à m'attendre. Ça m'a perturbé. Ce n'était pas son style de faire faux bond, surtout pour mon dernier jour. Il m'avait bien pourri la vie, bien chauffé avec sa culpabilité. Et qu'il aurait dû être condamné à ma place et qu'il aurait dû exécuter ma peine à ma place, et ceci et cela. Hé ! j'avais répondu, arrête, arrête tu deviens lourd ! Je regrette rien, ni la branlée que j'ai mise à ce bâtard, ni les cinquante heures de TIG. Et si je dois recommencer, je recommencerai. La justice, c'est de défendre son meilleur pote, tu crois pas ? Nous étions tombés dans les bras l'un de l'autre, en mode frères de sang inséparables, et aujourd'hui, pour la fin de ma peine, il n'était pas là !

Je me suis maudit d'avoir flanqué mon portable à la baille, j'ai maudit ma mère de refuser de m'en acheter un autre, j'ai fissa enfilé mon bonnet et mes gants et sauté sur ma bécane. La pluie avait cessé, le soleil brillait à bloc, sauf qu'on se caillait avec le vent du nord en pleine face. On se les gelait genre dernière période glaciaire, dite de Würm.

Raw n'habitait pas très loin, un quartier pas trop naze (il y avait même des arbres, pour l'heure déplumés) à deux pas de la médiathèque. C'est peut-être pour ça qu'il aimait tant les bouquins. Un jour, sans rire, il m'avait sorti : « Lire, c'est comme la vie, mais la vie immortelle. On peut toujours relire, on peut toujours recommencer ! » Nous étions potes depuis la fin du primaire et depuis tout ce temps je l'avais vu lire des tonnes de livres, des milliers de pages. Hé ! il disait, celui-là, il est vraiment génial, tu devrais le lire. Je répondais ouais ouais, et je laissais courir.

J'ai pris mon courage à deux mains, j'ai respiré à fond et j'ai sonné à la porte. J'aimais bien sa mère, elle était marrante, elle était toujours gaie malgré le malheur et prête à blaguer avec nous, en plus de son mafé terrible, à tomber sur le cul, à vous arracher la gueule. Par contre son père, malade ou pas, il me foutait les jetons. Je ne l'aurais jamais avoué, surtout pas à Raw, mais si c'était ça avoir un paternel, merci bien !

J'ai entendu l'écho de la sonnette s'éteindre dans le silence de l'appartement, comme avalé par le vide. J'ai sonné encore. Sans y croire. Il n'y avait personne.

Je me suis retrouvé sur un banc de la jetée, seul comme un con avec mon sandouiche à la con et mon inquiétude à la con, à me cailler les miches en regardant les surfeurs à la con se cailler les miches. J'ai sérieusement pensé à laisser tomber le cours et rentrer me planquer peinard dans mon triangle, cafarder un bon coup, m'apitoyer sur moi-même en écoutant de la zic à m'en exploser les tympans, bien m'abrutir. C'était idiot, Raw le premier m'aurait engueulé, m'aurait reproché ma désinvolture, m'aurait reproché d'utiliser son absence pour me vautrer dans ma paresse naturelle. Et n'oublions pas, il y avait le facteur Galatée. Galatée que j'avais tout juste aperçue ces derniers temps et toujours aussi inabordable derrière sa bande de j'me la pète !

À peine dans la salle et avant que le courage ne me lâche, j'ai sauté sur Galatée. En vrai, dans mon esprit, j'avais fermé les yeux, bouché mes oreilles et arrêté mon sang dans mes veines.

– Yo ! Galatée ! j'ai balancé fastoche, comme si nous étions nés dans la même clinique et plus quittés depuis ce fameux jour. Tu me prêtes ton portable ? j'ai oublié le mien et Raw, enfin Romuald n'est pas là, j'dois l'appeler.

Elle m'a souri, comme si nos mères étaient nées dans la même clinique et plus quittées depuis ce jour lointain, façon sœurs de lait. Elle a sorti son portable de sa poche arrière et me l'a tendu, encore tout chaud de sa chaleur. Mais ne pense pas à tout ça je me suis dit, reste concentré. J'ai tapé le numéro de l'autre zigoto, l'un des rares dont j'arrivais à me souvenir.

– Hé ! il a fait.

Il y avait un drôle d'écho.

– Hé ! j'ai fait. Tu ne viens pas au cours ou quoi ?

J'ai senti qu'on me tapait sur l'épaule. Je me suis retourné. C'était Raw.

Ça les a bien fait marrer, les deux, alors j'ai ri à mon tour, pour ne pas paraître trop crétin. Je m'étais mis la tête à l'envers à cause de lui, j'avais imaginé le pire, et il était planté devant moi, à se foutre de ma gueule et avec tous ses cheveux en plus.

C'est ça les amis ?

Il m'a expliqué en vitesse qu'il avait accompagné ses trois frangines chez leur tante parce que ses parents avaient des trucs à régler et que pour se dépêtrer de tata Valentine, alors là mon vieux, tu connais pas tata Valentine ? Gentille, mais collante.

– Ha ! ha ! ha ! j'ai ricané, mais je lui avais déjà pardonné.

La prof a tapé dans ses mains plusieurs fois, jusqu'à obtenir l'attention.

– Bien ! Si on s'y mettait ?! Pour commencer quelques minutes de calme. On s'allonge au sol, on prend la main de sa voisine ou de son voisin. Allez ! Allez ! On ne traîne pas ! Et on fait le vide dans sa tête !

Je n'avais rien prémédité, madame la juge, je le jure ! C'était le pur hasard, j'étais là au bon moment au bon endroit. Le destin, mektoub, la veine, la baraka, le bol.

Je me suis allongé entre Galatée à ma gauche et Raw à ma droite, et nous nous sommes pris les mains. Celle de Raw était froide et dure, celle de Galatée, chaude et douce. Du moins m'a-t-il semblé, je n'étais sûr de rien. Pour ce qui était de faire le vide dans ma tête, autant oublier. C'était Galatée, la plus belle fille du monde, celle aux cheveux de feu et elle me tenait la main et c'était plutôt le fourbi dans ma tête, le waï total. Médusé, je dirais.

Et pas qu'avec des oiseaux voletant au-dessus de fleurs en bouton sous un soleil printanier, autant que ce soit clair, on avait dépassé l'attentat à la pudeur, on approchait le porno hardcore.

Un moment j'ai senti sa main qui pressait la mienne. Ça n'a duré que quelques secondes et je me suis demandé si c'était volontaire, ou juste un mouvement réflexe, genre grenouille galvanisée ou une envie de pisser. Je n'ai pas osé réagir en serrant sa main à mon tour. Je n'ai pas osé tourner mon regard (que l'on devait tenir fixé sur le plafond) vers elle. Je préférais rester dans le flou, le possible, le pas certain mais presque.

– OK ! a fait Marianne, on se redresse. Aujourd'hui, nous allons nous attaquer au texte ! Quand je dis, nous attaquer…

J'ai sauté sur mes jambes, comme la grenouille, pas celle de l'expérience, l'autre, celle qui avait échappé au massacre. J'ai tendu la pogne à Galatée. Elle m'a observé une seconde, sans bouger, mais avec ce sourire à peine visible au coin de ses lèvres, comme la partie émergée de l'iceberg dans un rayon de lumière. Elle a accepté ma main tendue. La prof continuait son baratin dans mon dos. J'ai entendu : vous allez former des duos. Et cette fois, je n'ai pas rêvé, Galatée a retenu ma main, elle a penché la tête sur son épaule, comme si elle réfléchissait à la façon la plus poilante de m'arracher le cœur.

– Tu veux bien être mon Roméo ? elle a dit, avec cette voix, ce grain dans la voix qui me chamboulait.

Le temps que mon cerveau se remette à fonctionner, je me suis demandé qui était ce Roméo et pourquoi elle me parlait de lui justement maintenant et puis mes neurones ont remis le contact.

– Carrément, *Juliette* ! j'ai répondu.

Et elle a éclaté de rire. Cette fille, je ne l'avais jamais vue rire, rire aux éclats, se fendre la pêche, se bidonner.

Tout ça, parce que j'étais le gars le plus spirituel qu'elle ait jamais rencontré.

Il y avait quelques milliers de milliardaires sur cette terre, mais ils pouvaient tous pleurer leur mère, le plus riche, c'était moi.

Galatée/Juliette : *Qui a guidé tes pas jusqu'ici ?*

Arthur/Roméo : *L'amour ! Il m'a prêté son savoir, je lui ai prêté mes yeux. Je n'ai rien d'un marin, mais serais-tu sur une plage baignée par le plus vaste océan, j'affronterais les dangers de la traversée pour pareille cargaison !*

Juliette : *Sur mon visage, la nuit pose son ombre, sinon, tu verrais mes joues de fille s'empourprer quand je songe aux aveux que tu m'as entendue murmurer ! Que je voudrais être sage, que je voudrais savoir me taire. Mais tant pis, adieu pudeur, adieu prudence ! M'aimes-tu, noble Roméo ? Oh, je sais bien que tu vas dire oui ! Et je te croirai sur parole. Ne jure pas ! Je t'en prie, ne jure pas ! Les serments de la nuit sont si faciles à briser lorsque revient le jour… laisse parler ton cœur, dis juste que tu m'aimes ! Et si tu penses que je me laisse trop aisément séduire, alors je te repousserai, alors obstinément je me refuserai, pour que tu le répètes encore. Car autrement, te dire non j'en serais incapable, beau Roméo.*

Roméo : *Ma Dame, par cette lune claire qui argente la nuit et les fruits de la terre, je le jure !*

Juliette : *Ne jure pas par la lune, de tous les astres le plus inconstant, j'ai trop peur que l'objet de ton amour, comme elle, change chaque mois !*

Roméo : *Alors sur quoi dois-je jurer ?*

Juliette : *Ne jure pas ! Ou jure sur toi-même, puisque tu es l'être au monde que j'adore !*

Voilà ce que nous nous sommes dit, après des heures maudites de travail acharné, sans nous lâcher des mirettes comme insistait la prof. J'aurais voulu qu'elle soit à ma place. J'avais une vue imprenable sur les tétons de Galatée qui pointaient à travers son chandail, comme des petites souris pointent leurs museaux avant de quitter le nid et de se lancer à l'aventure. Et vas-y pour pas bégayer, pour pas me prendre la langue dans le tapis. J'avais l'air malin. J'avais trois répliques, comme on dit, que j'avais apprises et répétées fastoche dans ma chambre, mais devant cette fille, impossible de les ressortir sans me planter tous les deux mots, alors qu'elle me balançait son texte comme si elle l'inventait au fur et à mesure, comme s'il venait de naître dans son esprit. Avec des soupirs langoureux, des tremblements, des trémolos chauds chauds chauds, et j'avais beau savoir que c'était pour de faux, tout ça me mettait la tête à l'envers. Tiens ! je me suis dit, elle va en avoir sa claque de m'entendre barboter dans la gadoue, elle va me laisser tomber et j'aurai l'air vraiment con.

J'étais aussi rouge que la gamine Juliette dans la pièce, et je commençais à transpirer comme un veau. Pas bon ça, les filles détestent et pour cette fois, je ne leur donne pas tort. J'entendais vaguement les autres duos se lancer leurs phrases sans trop se prendre la tête. J'entendais Raw et Janine à proximité, enfin surtout la grosse voix de Raw qui semblait à son affaire et moi je patinais comme un gros nul. Je commençais à paniquer. J'avais envie de foutre le camp.

Pour changer.

Mais que dalle, la môme Galatée, apparemment il en fallait plus pour la contrarier, beaucoup plus pour la refroidir. Elle attendait patiemment que je me dépatouille de mon texte et elle balançait sa réplique comme si elle tchatchait tranquille avec le gars Montaigu des choses de l'amour. À force, alors que pour la millième fois je me plantais (L'amour ! Il m'a pétré son savoir, je lui ai pété mes yeux) sans même qu'elle fasse une grimace, torde la bouche, ou soupire bien fort, que tous entendent combien son partenaire est nullos, ou m'envoie paître, pétrer, ou péter, j'ai commencé à avoir des doutes et à me demander, était-elle juste nunuche, ou bien légèrement demeurée ? Zatiszequestion !

– Hé ! a fait Marianne en surgissant tout à coup à notre côté comme une fleur. Que se passe-t-il Arthur ? ! J'ai l'impression que tu ne t'en sors pas !

Je l'ai fusillée du regard. J'ai serré les poings. J'étais bien parti pour gâcher ma chance, je n'avais pas besoin qu'elle la ramène, la championne olympique.

Elle m'a regardé en souriant, genre navrée. Elle semblait sincère. Ou alors c'était bien imité.

– Bien ! Voilà ce que nous allons faire !

Elle nous a entraînés à sa suite dans le hall d'entrée, elle nous a mis côte à côte, et nous a demandé de dire nos répliques sans nous regarder. Pour le truc des yeux dans les yeux, on verrait plus tard.

Galatée y a été de son couplet, ferveur et fièvre comme disait Marianne et franchement, si on oubliait une seconde ses tétons téméraires et ses lèvres ouille ouille et ses yeux ha là là et sa crinière solaire, si on se contentait de regarder le mur d'en face qui n'avait lui pas grand-chose de bandant, alors on pouvait résister à sa voix et dire sa réplique sans cafouiller minable. Et même s'en tirer avec les félicitations du jury.

– Recommencez ! a ordonné la prof que j'avais complètement oubliée.

Nous avons recommencé. Quatre, cinq, six fois, j'ai vite perdu le compte, et à chaque fois j'avais l'impression que c'était de mieux en mieux, j'avais l'impression que ça devenait réel, ou quelque chose d'approchant. Galatée avait l'air de prendre son pied, mais grave. Et cette voix, cette voix comme un peu cassée, un peu fêlée, qui me déchirait le cœur. Elle se lâchait à fond et ce qu'elle avait montré jusque-là, c'était de la gnognotte, du pipi de chat, parce qu'à présent elle mettait le feu, elle cassait la baraque. J'en avais les yeux qui me sortaient de la tête. Soyons juste, Galatée n'avait rien d'une nunuche demeurée, j'avais été vraiment un petit macho arrogant de le supposer, un petit merdeux. Même si c'était pour blaguer, même si c'était parce que j'étais vénère.

– Maintenant, vous vous mettez face à face et vous vous regardez *les yeux dans les yeux !* a ordonné la prof.

Et cette fois, malgré les nénés de Galatée, ou peut-être grâce à eux, j'ai cru le temps de ces quelques phrases que nous étions à Vérone, par une chaude nuit d'été avec la lune argentée, les parfums des fruits de la terre et tout le bidule, et que Juliette était penchée à sa fenêtre, la masse de ses cheveux comme une lumière dans la nuit, une Juliette qui en pinçait féroce pour son julot, une Juliette qui ressemblait furieusement à une petite gonzesse de mes connaissances et tout pouvait arriver entre elle et moi.

À la fin, la prof Marianne a fait : « Wouah ! » et Galatée s'est penchée vers moi et a déposé un baiser furtif sur ma joue. Et son odeur comme une brûlure, comme quand on était gosses et qu'on regardait le soleil.

Après, quand on redescend sur terre, ça fait comme un grand vide bien glacial.

De toute la semaine, pas une fois elle m'a calculé, pas un sourire, pas un signe, pas un regard. Comme si j'étais transparent, ou alors un fantôme invisible dans cette dimension, genre ectoplasme, spectre, poltergeist, Hollandais volant. C'est bien connu, les petits bleds sur la côte, l'hiver surtout, en sont farcis. Ils remontent avec le brouillard et les grandes marées. Sans blague, je me suis pincé pour vérifier, j'étais bien vivant, planté dans ce couloir du lycée parcouru en tout sens par un tas d'énergumènes des deux sexes plus ou moins excités, plus ou moins verdâtres sous les néons. Et elle, Galatée, la fille la plus belle du monde, la fille à la crinière ardente, bavassait avec deux ou trois nanas de sa cour habituelle, elle, Galatée, avait enfoui Juliette au plus profond de sa mémoire et elle me tournait systématiquement le dos, ou alors j'étais parano. Hé Roméo, t'es parano ?

Je plaisantais, je faisais le guignol en déversant sur Raw ma rage et mon incompréhension, mais en vérité je me tenais un cafard gros comme un rat, lui-même gros comme un chien galeux, etc.

– Hé ! il a fait, tu sais bien, cette fille elle est un peu…

Il a fait un geste de la main au-dessus de sa tête, pour me montrer à quelle hauteur stratosphérique planait ce genre de fille.

– Bah, il a continué ! C'est que dalle, c'est pas grave !

– Merci ! j'ai fait. Je suis rassuré ! En plein !

– Mais non ! Mais je veux dire…

Je voyais très bien ce qu'il voulait dire. Trop canon, trop chou-chou, trop classe, trop pas pour moi. Samedi, les vacances d'hiver commençaient, il n'y avait pas théâtre, pas de Juliette, pas de Roméo, juste histoire de m'enfoncer un peu plus la tête sous l'eau.

Nous étions dans le square du tovaritch Youri, il faisait un froid de loup sibérien et nous nous les gelions sévère. Nous attendions Janine, du moins Raw attendait Janine et je ne pouvais pas le laisser tout seul à risquer la pneumonie assis sur ce tronc en plein vent, j'étais son ami.

Depuis le primaire Janine fréquentait une école privée pas très loin d'ici. Dans le genre bizarre zarbi, elle était assez bien servie, d'après le peu que Raw m'avait raconté, le peu qu'elle lui avait raconté. Scarifications au cutter, anorexie sérieuse, comas éthyliques, fugue sur fugue, castagne avec une pionne. D'après lui, c'étaient pas des bobards, elle n'avait pas l'air d'une mytho. Il avait vu de ses yeux les cicatrices sur ses bras, certaines encore fraîches et elle était carrément filiforme, pour le reste il ne savait pas, cependant il avait plutôt tendance à la croire. Tout à fait le genre de nana qu'il fallait à Raw le pacifiste, le tendre, le conciliateur. Il allait bien se marrer avec elle. Enfin, rien n'était encore conclu et je connaissais assez le zig pour savoir qu'il ne se précipiterait pas. Sa dernière conquête était morte de vieillesse en attendant qu'il se décide à lui proposer son premier rancard.

– Et sur Galatée, tu l'as branchée ? j'ai demandé.

– Un peu, il a fait. Elles sont pas vraiment amies, plutôt comme des voisines, tu vois. Elles sont pas vraiment voisines, mais c'est l'idée.

– Ouais, comme des voisines, c'est l'idée !

J'ai attendu la suite. Mais zob !

– C'est tout ? T'es vraiment un super pote Raw ! Surtout, va pas te surmener !

– Hé ! il a fait, j'suis pas la police !

– Tu rigoles, ou quoi ?! Depuis la rentrée cette meuf me prend la tête, me rend dingo et toi tu me sors : Elles sont plutôt comme des voisines, tu vois ?!

Il a baissé la tête, ses dreads ont coulé sur ses épaules, comme une sorte de bouclier qui se mettrait en place entre lui et moi. Il a remué la terre avec son pied. J'ai laissé venir. Raw, il ne fallait pas le brusquer, il aimait pas. Il se refermait comme une huître qui aurait perdu l'usage de la parole.

– Elle m'a dit un truc étrange, quand même…

J'ai pensé que venant de Janine, c'était assez normal.

– La bande qui traîne toujours avec elle… eh ben j'sais pas…

Sois patient, je me suis dit en enfonçant un peu plus mon bonnet sur ma tête. J'ai récupéré un vieux machino aux trois quarts consumé qui me restait dans le fond de mon anorak (la poche était déchirée et c'est dingue ce que je pouvais récupérer dans la doublure) et je l'ai allumé, histoire de m'occuper les mains et la tête, avant de craquer et de lui taper dessus, qu'il crache le morceau. Merde, Raw !

– Eh ben, Janine m'a dit un drôle de truc… genre, Galatée elle serait… elle m'a fait promettre de ne pas en parler !

– Fais chier, Raw, fais pas ton relou ! Accouche !

Il a soupiré, pour bien me montrer que je lui forçais la main, que je profitais salement de notre amitié.

– Tu me promets d'en parler à personne !

– Je promets, je promets ! Tu veux que je crache aussi ?!

– Elle serait grave leur prisonnière ! il a marmonné entre ses dents.

– Je comprends pas ! j'ai fait.

– Ils la tiennent, je sais pas comment… Un truc de cul, il a murmuré en zieutant autour de lui, des fois qu'il y aurait des webcams planquées dans les arbres, des drones planant au-dessus de nos têtes. Mais, chut, voilà Janine. T'as juré Arthur ! Yé ! Janine ! il a fait en s'arrachant.

– Hé ! a fait Janine.

Ils ont checké, une série sophistiquée qui devait venir de Janine. La bouille réjouie de Raw, c'était quelque chose à voir pour se réchauffer un après-midi d'hiver. Janine a rien montré telle la gothique qu'elle était, cependant j'ai clairement vu quelque chose s'allumer dans ses yeux bordés de noir.

Pour ma part, je l'ai saluée de la main, le plus que je pouvais faire, la tête bourdonnante, telle la victime d'un traître coup de massue sur mon crâne de piaf.

Janine et Raw ont tracé la route. Franchement, elle n'était pas épaisse, surtout à côté de Raw le balèze. Une bourrasque et elle s'envolait direct. Je les ai regardés jusqu'à ce qu'ils disparaissent sur l'avenue. Je me sentais salement largué. Je suis resté assis vautré sur mon banc comme le dernier des poivrots après sa biture de la mi-journée, je ne sentais même plus le froid. J'ai ressassé les paroles de Raw pendant une éternité, imaginant le pire, le truc bien glauque, bien immonde, bien dégueu. Tenir une fille avec des histoires de cul c'était une combine de pourri du cerveau. Il fallait avoir autant d'honneur qu'un rat mort, un rat mort flottant le ventre gonflé d'asticots dans un égout putride. Fallait pas avoir de face et autant de dignité qu'une raclure de chiotte.

Il fallait être tombé plus bas que terre.

Je m'énervais, je m'énervais tout seul comme un malade dans ce square qui ressemblait de plus en plus à la Bérézina.

À la fin, j'en ai conclu que je n'y croyais pas, voilà ! Pas le genre de Galatée, je ne sais pas pourquoi, je la croyais capable de se défendre, et pas le genre des bouffons et bouffonnes qui l'entouraient. D'un autre côté, pourquoi elle restait collée à eux ? Et puis, tout était possible, facile. Hé, Galatée, tu viens samedi à la fête chez Trucmuche ? Une ambiance de feu, musique à s'en flinguer les tympans, bière à profusion, vodka-gin si ça suffit pas à se mettre le cerveau à l'envers, une piaule à l'écart, des gros salauds vicieux, fachos / machos qui la chopent et lui passent dessus à la sauvage, un smartphone et voilà une sextape bien crade qui te pourrit la vie. À gerber.

À la fin fin, j'en ai conclu que si des mecs s'en étaient pris à Galatée, j'allais me démener pour les retrouver viteuf et il y avait de fortes chances que Cheffe Doumina me voie débarquer un samedi matin pour cause de récidive.

J'en avais rien à foutre.

Les vacances d'hiver.

Déjà, rien que le nom vous donnait une furieuse envie de vous enfouir sous une montagne de couettes et de ne plus bouger un orteil jusqu'à la reprise des cours. Le retour à la vie. Il neigeait, il pleuvait, le vent venait du nord et la nuit tombait au milieu de la journée ou alors c'était le ciel qui se fracassait à nos pieds, je me posais la question. Raw était parti quelques jours dans sa famille, je ne sais plus où, passer les fêtes avec toute sa smala. Lui, il aimait ça, les frangines, les nièces, les tantes, les oncles, les grandes tablées qui n'en finissent pas, c'était son kif. Ma mère bossait comme une damnée dans un HyperMachin bondé du matin jusqu'à tard le soir de fous furieux en pleine crise de fièvre acheteuse. Et conséquence directe, je m'occupais du Cloporte tous les matins, autant dire que j'étais debout encore plus tôt que pour aller au bahut, merci les vacances. Après un repas, des pâtes, ou des œufs au plat, ou des pâtes, ou des pâtes, à me bagarrer pour lui faire avaler la moindre bouchée, l'après-midi je l'amenais au Centre aéré. À pied, ma bécane d'une main, Cloéoptère de l'autre. Un calvaire, parce qu'elle s'arrêtait tous les deux mètres, les mirettes grandes ouvertes pour admirer un arbre qui avait gardé quelques feuilles racornies, un oiseau à la recherche d'une maigre pitance, un chat qui passait entre les voitures. Un chat rigolo. Pas de chance, j'étais tombé sur une frangine minuscule, chiante comme la pluie, mais curieuse de tout. Et bavarde comme une pie, genre baragouin incompréhensible. À chaque fois que je la larguais enfin aux mains des animatrices, j'avais envie de leur baiser les pieds, ou de leur offrir des fleurs. Surtout à celle qui s'appelait Anne et qui était vraiment choucarde.

Après, c'était le très gluant glandage, et j'aurais presque regretté Cloé l'emmerdeuse, Cloé le moulin à paroles. J'allais rouler le long de la jetée. L'océan était déchaîné. Paquets d'écume, vagues énormes, noir d'encre, gris acier rayé d'un vol d'oiseaux comme une vitre qui crisse, fracas de fin des temps et les bourrasques du vent comme la respiration saccadée du monde.

Parfois me venaient des mots, ou des images, je ne savais pas exactement, des souvenirs qui ne m'appartenaient pas. Je ne savais pas quoi en faire, ça me prenait à la gorge, comme un alcool brûlant, un tarpé trop chargé. Une sensation puissante qui me soulevait de terre. Je ne savais pas quoi en faire, je les sentais coincés dans ma mémoire, plantés dans mon esprit, violents et magnifiques, douloureux comme le regard d'une fille qui ne vous aime pas, ou qui vous aime trop et ne veut pas l'avouer. Comme la carte d'un monde qui n'existe pas. Et puis ça disparaissait, ça s'effaçait, ça se taisait et je restais là, à contempler la mer, avec l'impression d'avoir eu accès à quelque chose de grand, de fort, dont je ne connaissais pas le nom.

D'accord, la poésie, l'océan, le vent et les petits zoziaux (enfin ces casse-bonbons de goélands), mais en attendant, les moches soupçons entourant Galatée me vrillaient la tête. Bobards, exagérations, basses calomnies, vengeance crade, pure et sale vérité ? Raw ne savait que ce que Janine lui avait raconté, rien de plus que ce qu'il m'avait dit, ce que je l'avais forcé à me dire. Des bruits, des rumeurs, des racontars. Peut-être que dans cette foutue ville j'étais le seul à me prendre le chou avec cette histoire? Peut-être que Galatée se foutrait bien de ma gueule si elle apprenait que son Roméo de salle polyvalente se montait le bourrichon pour des craques nullissimes. Et qu'elle l'aurait mauvaise que je la juge assez conne pour se laisser prendre dans un piège aussi éculé, aussi ringard que son premier téléphone à clapet.

Je connaissais son adresse. Pourquoi pas? me suis-je dit.

Il fallait longer la zone commerciale avec ses hangars beaux comme la mort qui s'étiraient le long de la départementale. Après, il fallait passer la carcasse éventrée de l'ancienne aciérie, des kilomètres de bâtiments déglingués, de cheminées fracassées, de rails rouillés, de tas de ferraille tordue, dont plus personne ne sait à quoi ils avaient pu servir. On racontait qu'à la grande époque, parfois le ciel illuminait la nuit comme si une forêt entière brûlait et enflammait les nuages. Ça s'appelait les coulées. Je ne savais pas si c'était vrai, je ne connaissais personne qui vivait dans le coin quand l'usine était encore en activité, quand trois mille bons gars y marnaient 7/7, 24/24, et parmi tous ces types aux mains noires, il y avait mon grand-père paternel, que je n'avais jamais connu. Et après le bois des Épars on arrivait dans son quartier, *Les Cormorans*. Un nom à coucher dehors.

Des villas toutes identiques, un affreux crépi jaune sale un peu moisi, des volets en plastique, avec des jardins mités sur le devant, juste un peu plus petits que ma cambuse. Je me serais cru chez moi, à part le bout de jardin que ma mère s'évertuait à entretenir. Elle avait même planté un arbre, un saule pleureur très joli, et des rosiers, très jolis aussi.

Je suis passé et repassé devant chez Galatée. Il y avait de la lumière à l'étage, peut-être sa chambre (on peut fantasmer, ça coûte pas lourd, ça n'aggrave pas le dérèglement climatique), mais aucun signe de vie.

Au quatrième ou cinquième passage et alors que rien n'avait bougé d'un poil chez elle, la voisine d'à côté est sortie devant sa porte et m'a lancé un sombre regard en biais, genre suspicieux, et franchement si elle pouvait me soupçonner de quelque chose, c'était d'être complètement à la masse. Je venais de me taper quinze bornes à vélo par un froid polaire sans autre raison que de glandouiller devant chez Galatée, qui si ça se trouve était en vacances chez sa tante Augustine ou Micheline à cinq cents kilomètres d'ici. Et qu'est-ce que je croyais découvrir de plus ? Une banderole sur la façade proclamant :

ICI CRÈCHE GALATÉE, INNOCENTE VICTIME
D'UN IGNOBLE CHANTAGE SEXUEL !

Sérieux. C'était n'importe quoi !

Raw avait raison, je partais sérieusement en sucette avec cette histoire, ça tournait à l'obsession.

Je perdais le sens commun, comme il disait. Raw, mon ami, à cet instant précis tu me manquais comme jamais. Si tu avais été là, tu m'aurais dissuadé d'entreprendre une telle équipée sauvage. Stupide, inutile, navrante, *contre-productive*.

J'ai refait le chemin à l'envers, bois des Épars, ruines de l'ancienne usine, zones commerciales, et ferraille pour ferraille, j'en ai pris un bon morceau dans mon pneu avant qui s'est empressé de se dégonfler lâchement. Je n'avais plus qu'à finir la route à pied en poussant ma bécane.

Encore cinq kilomètres. Une heure, facile. Il a commencé à pleuvoir. Une pluie fine, grise et dure comme l'acier, et si c'était pas assez, les conducteurs facétieux se sont mis à m'arroser copieusement en me frôlant à toute berzingue. En cinq minutes, j'étais trempé jusqu'à l'os.

Est-ce que c'était une flagrante injustice ? Est-ce que certains naissaient sous une meilleure étoile, du bon côté de la rue et une carte *Premium Gold* dans la poche ? Est-ce que c'était le prix à payer pour ma profonde stupidité ?

Le ciel était si chargé qu'il faisait déjà presque nuit alors qu'il était à peine 4 heures. Les conducteurs avaient allumé leurs phares. Je commençais à claquer des dents. C'est à ce moment-là que j'ai pensé à Kevin, Kevin Marinaud, le plus vieux de cette bande de bâtards qui gravitaient autour de Galatée. Un kéké de la ville haute, un type pété de tunes qui se la jouait genre j'en ai rien à battre, mes parents connaissent le gratin, quant aux autres je les considère autant qu'une crotte de chien écrasée sous ma semelle. Il y avait une vieille rumeur pas jolie-jolie qui lui collait aux basques. Je ne connaissais pas les détails, mais c'était déjà une histoire de cul. Ça s'était passé dans un autre bahut, une boîte privée inaccessible au commun des mortels, et il fallait pas être bien malin pour comprendre pourquoi il en avait changé pour le lycée de la plèbe. Tu te casses et on étouffe le scandale. Méthode qui n'avait plus à faire ses preuves. Comment je n'y avais pas pensé plus tôt ! Ça me sidérait !

Cloé ! Le Centre aéré ! Il fermait dans moins de trente minutes ! Je ne serais jamais à l'heure !

Ils allaient appeler ma mère à la rescousse. Elle allait lâcher sa caisse en pleine heure de pointe. Son gros connard de supérieur de mes deux allait en profiter pour la pourrir un peu plus, lui faire une retenue sur salaire, lui balancer des remarques bien salaces ou pire.

J'étais mort.
Sûr.
Mort et enterré.

Nous nous sommes écharpés ma mère et moi, comme jamais.

– Putain ! J'ai crevé ! C'est pas un crime, ou quoi ?! Si ?! Bordel, depuis quand !

– Surveille ton langage, mon fils !

– Ah ouais, c'est ça ! C'est tout ce que tu trouves à me dire ! Que je parle mal ?! j'ai fait, la gorge sèche brusquement.

– Que tu parles mal, c'est ton problème, mais que tu parles mal *à ta mère*, je ne le supporterai pas ! Si tu veux savoir, les petits machos maîtres du monde, j'en ai jusque-là ! Tu m'entends ?! Jusque-là ! elle a fait, avec le geste de la main qui correspondait, comme une lame de couteau découpant un scalp. Sa voix, une claque en pleine gueule, une claque que tu vois pas venir, son regard, un morceau de banquise qui te congèle le sang. L'océan en furie, de la rigolade à côté de la colère explosive de ma mère. J'ai frissonné, à la fois gelé et bouillant, une sale impression.

Tout s'est mis à tourner autour de moi, la pièce, les meubles, ma mère, la fenêtre, et pourtant rien ne bougeait. La nuit au-dehors, comme une sorte de tunnel qui m'aspirait. Un tunnel sinistre et vaguement terrifiant.

Au point où nous en étions, à quelques encablures du point de non-retour, j'ai vidé ma rancœur, ce qui me pesait sur l'estomac depuis des semaines.

– Si j'avais un portable, j'aurais pu prévenir le Centre aéré ! j'ai sorti, regrettant déjà mes paroles.

– Ah ! très fort, très malin, l'excuse ! Tu veux une prime, c'est ça ! Tu veux les félicitations du jury ?! Une médaille aussi pour ton exploit ?! Dis-moi, Arthur, tu te rends compte que c'est grave de ne pas pouvoir faire confiance à son propre fils !

J'ai cru voir des larmes noyer ses yeux, tandis qu'elle baissait ses paupières. J'ai secoué la tête. C'était mal barré. J'imaginais le petit enfer qu'allaient être ces derniers jours de vacances. En fait je déteste les vacances, et les mamans, sérieux, faut se les fader. Je tremblais de tous mes os, et en même temps j'avais le cerveau en feu, et des frissons partout, un mal de crâne terrible et les yeux troubles, genre plongée sous-marine sans masque. Je claquais des dents. Rincé, j'étais. Ni l'un ni l'autre ne voudrait perdre la face, zéro partout, la balle au centre. Une odeur bizarre, ou alors un son impossible à définir, je ne savais pas trop. J'ai vomi sur mes godasses, d'un coup, sans avertissement.

Une bile acide.

J'ai entendu ma mère s'écrier : « Arthur ! »

Et je me suis effondré.

2

Il y avait des flammes pourpres, tirant sur le mauve, des jaunes, jaune citron, presque trop éblouissantes, des bleues transparentes de toute beauté, des vert fluo, des violines impossibles, comme un trucage numérique, genre t'y crois pas. Mais non, c'était pour de vrai, avec le son en plus, les crépitements, les ronflements, les pétarades. Il y avait eu au début le hululement de l'antivol, qui s'était achevé dans un couac-couic assez marrant. Hahaha ! Et la fumée, brune, grasse, voluptueuse, parsemée de flammèches orangées virevoltant comme des papillons, des oiseaux de feu, les yeux des bêtes de la nuit, et qui montait en colonne épaisse jusqu'au ciel noir et froid de l'hiver, effaçant les étoiles.

Ah ! C'était magnifique ! Sidérant ! L'apocalypse dans la rue des Tilleuls, merde, géant ! Toute cette chimie, toute cette intelligence humaine ! Une *Mercedes Classe A*. Il suffit d'une bouteille de bière, un peu de pétrole, un zeste d'alcool, une mèche en tissu (ne pas oublier le briquet), d'une caillasse conséquente pour exploser cette merderie de vitre ultra résistante, et que la fête commence.

Il avait fait chier ma mère, il l'avait agressée, il l'avait bloquée dans un coin et l'avait tripotée de ses doigts immondes et elle, elle avait dû subir. Elle avait trop besoin de ce job pourri, trop besoin des heures sup. Elle avait deux gosses à nourrir et un de ces gosses, c'était moi.

Quand les fenêtres ont commencé à s'illuminer dans la rue, je me suis tiré fissa. Je n'avais pas prévu au programme de me faire choper, même si je regrettais de ne pas voir la gueule de l'autre trouduc en découvrant le spectacle grandiose que je lui avais concocté. Sincèrement, j'avais eu quelques sueurs froides, la sensation que mon cœur allait jaillir de ma poitrine. D'un autre côté, j'étais chargé comme une pile, j'avais envie de rire, de sauter en l'air, de hurler bien fort planqué derrière l'abri d'un taillis. Ah ! Comme il est âpre et violent le vent de la vengeance.

Il n'y avait aucune caméra dans la rue et j'avais repéré un parcours discret, façon ombre dans la nuit, pour rejoindre mon port d'attache. Une capuche, un blouson comme il y en a des wagons, et je suis rentré tranquille sans me faire repérer, sans croiser ni chat ni chien. Ni flic, ni rien. Je me suis glissé dans ma turne par le même chemin qu'à l'aller, la fenêtre que j'avais laissée déverrouillée (l'avantage inestimable de crécher au rez-de-chaussée), et trois secondes après, j'étais couché dans mon lit à la manière d'un brave lycéen qui a un emploi du temps bien rempli le lendemain.

J'avais bien pigé que cramer une bagnole, en plus d'être un grave délit, était bas, mesquin, dangereux, inutile, mais j'm'en fous ! Il avait touché à ma mère, il avait posé ses sales pattes sur elle !

Alors qu'il crève !

J'ai mis des plombes à m'endormir. J'étais chaud bouillant, électrique je dirais. J'avais l'impression de replonger dans cette énorme fièvre qui m'avait mis sur le carreau pendant des jours. Durant cette horrible période j'étais tellement déglingo que je ne me souviens même pas de la visite de Raw à mon chevet, ce qui l'a sacrément vexé.

J'ai fini par sombrer à l'aube et toute la journée je me suis traîné d'un cours à l'autre sans vraiment rien capter, genre larve pré-humaine. Je crois même qu'à deux ou trois reprises j'ai piqué un p'tit somme. Mais ça valait le coup, je ne regrettais pas ma folle nuit quand j'imaginais la tête de l'autre connard devant les cendres brûlantes de sa caisse de luxe.

Je souriais comme un bienheureux !

À l'extérieur j'avais l'air d'un zombi, à l'intérieur, je jubilais. Une sorte de joie sombre et lumineuse, si c'est possible.

Un après-midi, quelques jours auparavant, j'avais entendu ma mère rentrer du boulot et filer tout droit dans sa chambre, sans même venir nous saluer, le Cloporte et moi. J'avais attendu un moment, histoire de ne pas inquiéter la fouine qui n'avait rien entendu, trop occupée à palabrer avec son bataillon de doudous. Mais ça me turlupinait. Ce n'était pas, mais alors pas du tout, dans les manières de la mama. Je suis allé frapper à sa porte. « J'arrive ! » elle a lancé, autrement dit, n'entre pas. Mais rappelez-vous, j'suis un mauvais gars, une graine de vaurien, un sale gosse, alors j'ai poussé sa porte.

Elle était roulée en boule sur son lit.

– Qu'est-ce que tu fais là, Arthur ? elle a dit en se redressant sur un coude, allez, va rejoindre Cloé, laisse-moi ! S'il te plaît ! Laisse-moi ! Tout va bien !

– Maman ! j'ai fait en lâchant un énorme soupir, parce qu'il ne fallait pas me prendre pour une bille quand même.

– Maman ! a couiné la bestiole en se glissant entre le chambranle et ma jambe.

Alors nous étions tous là, nous, les trois survivants de la famille, réunis dans cette petite chambre, et la plus coriace, celle qui tenait le coup, celle qui avait toujours une solution, celle qui soignait, nourrissait, habillait, celle qui dévidait l'autre bout du fil dans le labyrinthe, avait soudain grand besoin d'aide. Notre mère s'est assise sur le lit et a tendu les bras à Cloé. Viens mon chou ! Viens dans les bras de maman et le chou s'est précipité et s'est collé à elle, telle la bernique sur son rocher. Ma mère a levé les yeux sur moi, elle a souri, un truc ni fait ni à faire, un truc style dernier sursaut avant l'écroulement. Toute chiffonnée, ma mère.

De la main, elle m'a fait signe de les rejoindre.

Qu'est-ce que je pouvais faire ? Je pouvais refuser, je pouvais quitter la pièce, les laisser à leurs câlins, me tirer de là. Ah ! J'étais pas assez aguerri, ma peau n'était pas assez tannée, mon âme pas assez noire. Parfois je le regrettais, parfois j'aurais voulu être une espèce de desperado sans foi ni loi, traçant la route, marchant vers l'ouest et advienne que pourra. Mais j'avais un ami fidèle, une Juliette qui ne le savait pas encore, une sœur collante et une mère unique, c'était raté pour cette fois. Alors je me suis assis sur le lit, à côté d'elle. Et j'ai posé mon bras sur ses épaules. Même si ça faisait bizarre ! Même si, jusque-là, c'était plutôt elle qui posait son bras sur mes épaules. Même si ça s'était pas produit depuis le début du millénaire.

Plus tard, une fois le microbe endormi, elle m'avait tout raconté de l'agression de son crevard de patron. Les circonstances et les détails. La douleur et la honte. Entre deux sanglots, entre deux cris de rage.

J'avais secrètement juré de la venger.

Plus tard encore, alors que nous nous étions décidés à aller nous pieuter, elle avait ajouté : « Quand ton père est mort j'ai failli sombrer, j'ai bien cru, à un moment, que j'allais lâcher prise. Et si j'ai tenu, si je m'en suis sortie, c'est grâce à toi ! Pas *à cause* de toi Arthur, mais bien *grâce* à toi ! Alors, je ne sais pas ce que l'avenir nous réserve à tous les deux mais pour ça, je veux te remercier, mon fils. »

Juliette : *Veux-tu donc déjà me quitter? Vois Roméo, le jour n'est pas levé! C'est le rossignol et non l'alouette dont la voix parvenait à ton oreille inquiète. Toutes les nuits il chante sur le grenadier là-bas. Crois-moi, amour, c'était le rossignol.*

Roméo : *C'était l'alouette, la messagère du matin, et non le rossignol. Regarde, amour, ces lueurs jalouses qui bordent les nuages à l'orient! Les flambeaux de la nuit sont éteints, et l'aube claire s'annonce aux sommets brumeux des montagnes. Je dois partir si je veux vivre, ou rester et ce sera ma mort.*

Juliette : *Cette clarté là-bas n'est pas la clarté du jour je le sais bien, moi. Reste Roméo, tu n'as pas besoin de me quitter encore.*

Roméo : *Soit! qu'on me prenne, qu'on me mette à mort. Je suis heureux, si c'est ce que tu désires. Non, cette lueur grise n'est pas l'aurore, elle n'est qu'un pâle reflet sur le front blême de la déesse Lune. Et ce n'est pas l'alouette qui chante si haut sous la voûte des cieux. J'ai plus le désir de rester que la volonté de partir, que survienne la mort, je l'attends! Ainsi le veut Juliette…*

Juliette : *C'est le jour c'est le jour! Fuis au plus vite! Pars! Va-t'en! C'est bien l'alouette qui chante ainsi, et qui lance ces notes aiguës et ces trilles criardes. On dit que l'alouette est propice aux amoureux, mais c'est mensonge! Car sa voix nous arrache l'un à l'autre! Oh! Maintenant, je t'en supplie, Roméo, va-t'en! Pars. Le jour est de plus en plus clair.*

Roméo : *De plus en plus clair le jour? De plus en plus sombre notre malheur!*

Juliette : *Allons, que vienne le jour et que s'en aille ma vie!*

Roméo : *Adieu, adieu! un baiser, et je descends.* (Ils s'embrassent. Roméo descend.)

Juliette (se penchant à la fenêtre) : *Te voilà donc parti? Ô je sens dans mon âme un mortel présage. Ou mes yeux me trompent, ou tu m'apparais à présent aussi pâle qu'un mort couché dans sa tombe.*

Roméo : *Crois-moi, amour, tu me sembles bien pâle aussi. L'angoisse, comme le sable du désert, absorbe notre sang. Adieu! adieu!* (Roméo sort.)

La prof avait dit : « Ceci n'est pas un hot spot de la drague, mais un atelier de théâtre! Aussi, pour éviter les ornières de l'habitude et de la facilité, aujourd'hui nous allons tirer au sort la composition des duos Juliette & Roméo! »

Et voilà comment je me suis retrouvé à balancer les vannes de ce boloss de Montaigu à Capulette/Leïla qui en avait aussi en réserve. Merde, le rossignol et l'alouette, c'est le jour, non c'est pas le jour, va-t'en mais ne pars pas, alors qu'à chaque seconde il risquait de se ramasser un coup de rapière à travers le corps et elle de se retrouver enfermée au couvent pour le restant de ses jours et adios la bagatelle, adios l'amour et les rossignols.

Enfin, vive le théâtre et la poésie!

Soyons juste, impartial, avec la môme Leïla j'aurais pu tomber pire, pour employer ce que la prof appelait une litote. Leïla, dans le genre brune orientale, était vraiment chou-chou. Le portrait craché de Cléopâtre, reine d'Égypte, cheveux noirs tressés serré jusqu'aux fesses, yeux noirs fendus en amande, nez comme une lame, pulpeuse de partout et tout et tout. Incroyable le nombre de meufs choucardes, vraiment jolies tout plein, vraiment bandantes, qui peuplent cette planète, ou alors c'est moi qui les attire comme des papillons la lumière. On peut rêver, non ?

De temps en temps, je zieutais du côté de Galatée en duo avec le Mec Insipide et ça me rassurait. Franchement, c'est pas pour me jeter des fleurs, mais je voyais bien qu'elle kiffait nada avec ce Roméo mou du bulbe, je voyais bien que c'était d'un ennui à se balancer par la fenêtre, genre 1 043 ans de mariage, les Noces de Kryptonite. On était loin des feux de la passion, lave brûlante dévalant les flancs du volcan, éclairs violacés claquant dans un ciel de tempête, vagues déferlant sur le rivage dans un fracas de fin du monde, on était à des kilomètres de ce que nous pouvions donner, Galatée et moi, manière amour fou, amour à mort.

De mon côté, j'y allais à fond avec ma princesse égyptienne. Elle était une ancienne du cours, c'était la deuxième année qu'elle bossait des rôles, et tout en me donnant la réplique pile poil nickel, je voyais bien qu'elle se foutait gentiment de ma gueule, de mes efforts cousus de fil blanc pour faire *vivant* comme n'arrêtait pas de nous seriner la prof. Ou alors, elle se moquait de Juliette ? Possible. Style, à moi on me la fait pas ! J'connais tout le bidule, l'amour, l'ardeur, les p'tits mectons propres sur eux qui vous promettent la lune ! Hé ! j'avais envie de lui dire, fais pas ta dure à cuire, fais pas ta blasée. Rappelle-toi, elle a treize ans Juliette dans l'histoire, c'est qu'une gamine jamais sortie des jupes de sa nourrice, elle connaît rien de rien ! T'étais comment toi, à treize ans ?

Je n'ai pas cherché à trancher. Leïla, avec ses yeux méchamment rigolards, avec son air de meuf qui en a vu d'autres, elle me bottait méchamment. Et quand nous nous sommes embrassés, comme indiqué dans la didascalie (tu parles d'un mot !), embrassés *littéralement*, c'est-à-dire *en se prenant dans les bras avec affection mais pas plus !* comme nous l'avait amicalement suggéré Cheffe Marianne avec un regard à vous clouer sur place, j'ai bien senti que cette nana, j'allais en rêver plus d'une nuit. Oh ! Je faisais pas le fier, des fois même ça m'inquiétait sérieux. Je me demandais si j'étais tout connement un obsédé du cul, comme tant d'autres, comme certain que je connaissais et qui à l'heure qu'il est devait pleurer sa misère devant sa bagnole calcinée de la tête aux pieds. Je me demandais si ça se voyait tant que ça, et si un jour ça n'allait pas me jouer un sale tour. Je me demandais si j'étais normal pour tout dire.

À la sortie du cours, j'ai proposé à Galatée, Janine, Leïla et Raw d'aller se tanquer un moment dans les dunes, histoire de ne pas se quitter tout de suite. Tous ont dit oui, sauf Galatée. Je m'imaginais quoi ? Janine et Leïla ont insisté, il faisait super bon, il y avait des bus jusqu'à tard, fallait décompresser après trois heures d'atelier, elle avait qu'à prévenir sa yeuve, on allait bien se poiler, mais que dalle. Elle a rien voulu savoir. Elle s'est tirée. Elle nous a plantés là. Parfois je désespérais d'arriver à quelque chose avec cette fille.

Une fois affalé sur le flanc de la dune, face aux flots immensément bleus, j'ai entrepris, genre sans y toucher, le sujet Galatée.

– Hé ! j'ai fait, la meuf Galatée, quand même elle est un peu zarbi, ou je délire ?

– Comment ça zarbi ? a rétorqué Janine en fronçant les sourcils, tout de suite les griffes dehors, comme si j'avais traité sa copine. Fallait pas être très futé pour comprendre que j'avais touché un point sensible. Raw m'a lancé un regard paniqué, il voyait déjà Janine lui arracher les yeux pour cause de haute trahison.

– Hé ! j'ai fait, j'ai rien dit de mal, ou quoi ?!

– Zarbi, t'as dit ! Zarbi ! a craché Janine.

Leïla a tendu l'oreille et Raw a levé les yeux au ciel en rentrant les épaules, comme un qui s'attend à voir siffler les balles.

– T'énerves pas ! Galatée, tu trouveras personne qui la respecte autant que moi. J'veux rien dire de mal sur elle !

– Ah ouaich ?!

– Je te jure Janine ! Ce qu'il y a c'est qu'à l'atelier elle est grave sympa avec moi et en dehors y a plus rien qui passe, comme si c'était pas la même. Et avec sa bande de branleurs, alors là, t'as l'impression de même plus exister ! Genre transparent ! Genre pas même un grain de sable !

J'ai laissé couler une poignée de sable entre mes doigts, pour bien montrer ce que je ressentais, bien faire comprendre que j'en avais sur la patate. Sérieux.

– T'exagères ! a fait Raw d'une voix un peu faiblarde, juste histoire de recoller au peloton.

– Yo ! a fait Leïla, c'est quoi l'engatse ? Cette fille, j'la connais pas bien, mais c'est vrai qu'elle traîne toujours avec ces relous ! Y en a un surtout, Kevin, Kev ou j'sais pas quoi ! Ce type j'peux pas le blairer, un vrai connard ! Limite il me hérisse le poil ! Tu vois ?! Son regard, putain, y me dégoûte !

Alors là, réchauffement climatique ou pas, j'ai vu la banquise se former sous nos yeux. Je me suis demandé dans quoi je m'étais embringué, si ça n'allait pas me péter à la gueule.

Janine a pris ses genoux entre ses bras et a baissé la tête, Raw s'est perdu dans la contemplation de l'horizon lointain, un truc à la Raw pour éviter les conflits. Merci Raw, merci de ton soutien. On a entendu les glapissements d'un vol de goélands, probablement des remplaçants intérimaires de l'ange qui passe dans ces cas-là. Leïla s'est gratté la tête en nous regardant chacun notre tour, à la recherche d'une explication.

– J'ai gaffé, ou quoi ? elle a dit.

Ce truc, qui croisait à l'horizon lointain, c'était pas un iceberg par hasard ?

J'ai roulé un 3 feuilles. Je l'ai entamé bien comme il faut en tirant une bonne taffe et je l'ai tendu à Janine, comme le Chef Sioux le calumet de la paix à son ennemi personnel. Elle l'a accepté. Même, elle a souri, un sourire crispé, fugace, un peu triste aussi, mais un sourire. Un sourire spécial appareil dentaire.

Je me suis allongé sur le sable, appuyé sur mes coudes. Le mec qui n'a rien à se reprocher, le mec confiant, blanc comme neige. Un caseyeur se dandinait sur la houle, ou alors un chalutier. Voilà ce que je pourrais faire plus tard, ce fameux plus tard dont on nous cassait les oreilles, marin-pêcheur, pourquoi pas ? Janine l'a passé à Leïla qui n'a pas dit non, qui l'a passé à Raw qui a secoué la tête. J'ai repris le bidule. Y en avait pour encore un tour au moins, on avait le temps de voir venir.

Ma mère m'a montré le journal étalé sur la table de la cuisine. J'étais en train de me goinfrer un sandwich saucisson beurre gruyère cornichons, un délice, tout en inspectant l'intérieur du frigo, au cas où j'aurais une petite faim, après. Shakespeare, ça creuse.

> **« Incendie criminel ? »**
>
> La police enquête sur l'incendie très probablement volontaire d'un véhicule automobile, rue des Tilleuls...

Orné de la photo d'un tas de ferraille carbonisée à vous arracher des larmes de sang. J'ai avalé de travers et je me suis senti immédiatement tourner verdâtre. J'ai toussé comme un malade et ma mère m'a tapé dans le dos, comme quand j'étais petit, et j'ai recraché un morceau de cornichon grand comme mon pouce. J'ai essuyé mes yeux larmoyants et mon nez morveux.

Vu sous cet angle et ce titre, la carcasse tordue et noircie, le caoutchouc des pneus en flaque sur le goudron fondu, le capot moteur explosé, c'était beaucoup beaucoup moins glamour, moins acte chevaleresque, moins bras du fils vengeur et du même coup, comme dans une sorte de montagne russe mentale, beaucoup mais alors beaucoup plus minable, merdique, genre acte débile d'une racaille de base à qui une bonne tannée et quelques mois de tôle pourraient faire que du bien. D'autant que même en n'y connaissant que dalle, on devinait d'un coup d'œil que c'était une caisse de luxe et un bon tas de pépètes qui venaient de partir en fumée.

Tout à coup, je prenais bien dans la gueule la notion d'incendie criminel. De culpabilité, de sanction. Et j'en menais pas large.

– Haaa ! j'ai couiné dans les aigus, comme un qui se les serait coincées dans la fermeture éclair de son jean, sans oser affronter le regard de ma mère.

– C'est la voiture de mon connard de patron ! Ça s'est passé devant chez lui. On ne l'avait pas vu de la journée hier, mais je peux te dire que ce matin, il était furax !

– Haaa ! j'ai chouiné dans une espèce de rire étranglé, en opinant de la tête. J'avais une drôle de sensation, comme quand les poils se dressent tout droit une fraction de seconde avant de comprendre que ce qu'on ressent, c'est de la trouille. Une trouille bleue.

– Je ne devrais pas te le dire, Arthur, parce que ce n'est pas très correct, mais ça me fait un bien fou, tu ne peux pas savoir ! Comme si la barre que j'avais là, plantée depuis des jours (en montrant sa poitrine), avait disparu d'un coup ! Pffuit ! Envolée ! Tu vois, c'est pas toujours les mêmes qui trinquent !

J'ai souri, le sourire franc du faux j'ton qui a juste envie de se terrer dans son antre triangulaire.

C'était elle qui m'avait donné l'idée en m'apprenant, un jour où elle était particulièrement remontée contre lui, qu'il garait sa voiture dans la rue parce que c'était une résidence sécurisée (sécurisée, mon œil, pas vu la queue d'une caméra), que son garage était occupé par deux autres engins du même tonneau, et que surtout ça devait le faire jouir de reluquer le symbole de sa réussite garé devant son portail.

Ça devait suffire pour en faire ma complice, ou moi le sien, je ne savais pas trop, mais ça sentait l'embrouille. À plein nez.

> La mère indigne et irresponsable incite son délinquant récidiviste de fils à commettre l'irréparable pour assouvir sa soif de vengeance !

Je voyais déjà notre amie la juge pour enfants se frotter les mains et pousser des petits gloussements de joie sadiques en me voyant franchir une seconde fois la porte de son bureau entre deux gendarmes.

Les montagnes russes se transformaient en grand huit, la tête à l'envers et le cœur qui se décroche, qui fait le yo-yo de la poitrine au bout des orteils (certain, cette fois, je vais mourir !). Si tu regardes, tu te pisses dessus en hurlant de terreur, si tu fermes les yeux c'est encore pire, t'as l'impression d'être avalé cru par la gueule du noir néant. Aglagla ! j'avais envie de lui hurler, c'est moi qui ai foutu le feu à la caisse de ton enfoiré de patron, c'est moi ton fils qui ai offert cet engin de frimeur (j'avais cherché sur le net, en gros 2,5 ans du salaire de ma mère) en sacrifice au dieu de la vengeance. Et en même temps j'avais peur de me trahir, je ne savais pas comment elle pourrait réagir, ma mère était du genre on paye pour ses fautes, et plus que tout je ne voulais pas l'embarquer dans ce merdier. Elle ne m'avait jamais demandé de me mêler de ses oignons, elle avait assez morflé à ma première condamnation. Avec Raw, la seule personne avec qui j'aurais pu partager mon sombre secret, mon douteux exploit, j'avais bloqué pareil et j'avais fermé ma grande gueule. J'étais seul, coincé dans mon silence et ça me prenait sérieusement le chou.

La seule chose qui me remontait le moral c'était de voir le sourire féroce qui étincelait dans son regard, genre sourire de louve, en pensant à la gueule de son vicelard de patron découvrant le tas de ferraille fumant. J'avais envie de lui dire, viens, on va s'éclater dans la lumière ! Écoute le vent, écoute son chant sauvage ! Viens Maman, on va se goinfrer des glaces, on va à la plage, on va courir dans les vagues ! On fera l'avion avec Cloé !

Des fois, ça venait d'un coup, comme si une sorte de voile se déchirait, comme si la brume se levait, et je prenais en pleine face ce que c'était cette vie, sa vie. Le boulot, la maison, le ménage, les factures, son délinquant de fils qui n'en glandait pas une au lycée, les mecs de passage, sa solitude. Ça me foutait en l'air.

– Tu sais quoi, Arthur ! Je laisse tomber ! Tant pis, on va manger des pâtes et des patates pendant des mois, mais je n'y retourne pas ! Je vais trouver un autre travail ! Je l'emmerde ce connard, je l'emmerde lui, ses bagnoles et son fric ! On va survivre !

Ça m'a fait marrer, j'avais soudain l'impression qu'on se comprenait enfin, elle et moi, qu'on était sur la même longueur d'onde. Elle a éclaté de rire, à gorge déployée, comme si elle était indestructible, et par effet boule de neige, j'ai rigolé encore plus fort et nous voilà à nous gondoler tous les deux, comme des dingues, genre fou rire à en avoir mal au bide, à plus pouvoir s'arrêter.

Ma mère, fallait pas quand même trop lui marcher sur les pieds.

Nous sommes allés manger des glaces dans un bar sur la jetée. Peut-être que ma gentille maman lisait dans mes pensées, j'avais intérêt à faire gaffe dorénavant, à penser qu'à des choses légères et roses. Elle a pris un sorbet à la mangue, Clouclou une chocolat-caramel-pistache et moi un banana-split de la mort qui tue. Ma grosse cochonne de sœur s'en est fourré jusqu'aux oreilles et même dans les cheveux, avant d'en tartiner sa parka toute propre, sans entamer la bonne humeur de ma mère ni son sourire radieux.

Je ne comprenais pas trop ce que nous étions censés fêter tous les trois, rien peut-être, juste d'être une petite famille ayant encore de quoi se payer une glace dans ce bar chébran classieux face à l'océan.

En sortant, nous avons pris la direction du centre-ville, parce qu'elle avait une course à faire. Je poussais le carrosse du Cloporte en priant pour ne rencontrer aucune tête connue, trop la honte le gentil garçon qui s'occupe de sa morveuse de frangine.

En fait de course, je me suis retrouvé avec un portable tout neuf, tout beau, alors que j'avais fait une croix dessus depuis des lustres et renoncé à le lui réclamer. L'instrument sobre mais tout à fait suffisant pour envoyer à Raw des textos crétins et à Galatée des déclarations d'amour avec des cœurs roses. Rien que d'y penser, j'en avais des frissons le long de la colonne vertébrale. Ou, comme l'a fait remarquer ma mère, prévenir la crèche quand je suis en retard.

– Et n'essaie pas de communiquer avec les poissons cette fois, ce n'est pas un modèle amphibie !

Qu'est-ce qu'on rigole avec ma daronne, une vraie artiste comique.

Nous étions assis sur notre tronc préféré, chez l'ami Gagarine. Ce type, il avait été le premier humain à s'arracher à la pesanteur, le premier à faire le tour de la terre. Seul, tout là-haut dans sa boule en fer-blanc, face au grand vide, à l'infini. Quand même !

Raw attendait Janine et j'étais son ami, alors j'attendais avec lui. Je ne pouvais pas l'abandonner seul face aux espaces infinis. Quand on y réfléchissait, le grand vide après le bleu, les nuages, le soleil, le grand vide là, juste sous nos pieds. Ne nous voilons pas la face, le grand vide tout autour de nous. Dans lequel nous trempions du matin au soir, sidéral, cosmique, je vais te dire. De quoi se mettre la tête à l'envers. De quoi se choper les vraies miquettes.

– Hé, Raw ! j'ai fait, ça va ?! Du ton de celui qui n'est plus sûr de grand-chose.

– Hé, Arthur, il a fait, ça va, ça va !

Ça m'a rassuré. C'était pas tous les jours marrant, en plus on se serait cru sur le pas de tir de Baïkonour question température (pour rester dans l'ambiance) dans ce parc en plein vent, mais nous étions toujours là, assis peinards à attendre une nana. Génial. Grand. Pas mieux. Ça m'aurait soulagé de raconter à Raw mes frasques de l'autre nuit. Le feu d'artifice *Classe A*. Mais je connaissais Raw, ça l'aurait déchiré, ça l'aurait coupé en deux. Il allait rameuter son escouade de grands sages non-violents et vas-y les discussions à n'en plus finir, vas-y les engueulades, vas-y la morale ! Je n'étais pas son ami pour casser son monde en morceaux. J'ai fermé ma gueule, mais ça devenait compliqué.

– Dis donc, Raw, regarde qui s'amène ! j'ai fait.

Janine se pointait, les mains enfoncées dans les poches de son zoublon en cuir noir bien râpé, bien naze, qu'elle avait dû faucher à son petit frère et qui lui filait une allure genre métallo-androgyne pas dégueu, malgré son côté poids plume. Franchement, j'avais l'impression de voir le soleil briller à travers elle, pourtant je me serais pas avisé de lui chercher des noises. Une fille comme ça, à la castagne, elle devait savoir taper là où ça fait mal.

En traversant le boulevard, elle nous a fait un signe de la main. Enfin, il m'a semblé, à cette distance j'étais pas sûr. Avec Janine, il fallait être attentif, elle n'était jamais très exubérante, ni très bavarde non plus. Je ne lui posais pas la question parce que Raw était le gars pudique, pourtant j'étais curieux de savoir qu'est-ce qu'ils pouvaient trafiquer tous les deux, quand ils étaient seuls ? Je veux dire, seuls seuls.

Raw s'est fendu d'un sourire d'une oreille à l'autre. Parfois, il me faisait de la peine, comme un qui gaspille les ressources de son avatar sans toutefois accéder au niveau supérieur. Jamais.

Janine s'est adossée contre le tronc et tout de suite, elle a poussé un soupir que les footeux là-bas à l'autre bout du terrain ont dû entendre, et elle m'a entrepris.

– La meuf Galatée, tu la kiffes ! elle a balancé comme un coup de poing dans le gras de l'épaule, pas méchant, pas amical non plus, juste de quoi se poser la question.

– Qu'est-ce t'en sais ? j'ai fait, déjà bien chauffé, tous les capteurs dans le rouge. Je n'avais pas très envie de déblatérer sur Galatée avec Janine. Surtout avec Janine. Je n'avais pas envie de me chicaner avec elle, pendant que Raw jouerait le médiateur de l'ONU.

– À d'autres ! elle a fait. J'suis pas aveugle, ça se voit comme un graff sur un mur ! Tu sais, ceux avec des lettres de deux mètres de haut !

– N'importe quoi ! Dis-lui, Raw, dis-lui que c'est n'importe quoi !

–Yo ! il a fait, je rentre pas dans vos palabres, moi !

Des fois je me demande si je ne vais pas lui casser la gueule une bonne fois pour toutes, qu'on passe à autre chose.

–Tu crois que j'ai pas compris, l'autre jour, pourquoi tu l'as traitée de zarbi ! elle a fait en me pointant du doigt et pas sur le mode furtif.

– Arrête avec ça, bordel ! Je me suis excusé ! Ça suffit pas ?!

–Tu l'as traitée parce que tu sais que tu pourras jamais la pécho, et ça te gave ! Alors, comme tous les mecs, tu fais ton fier, tu fais ton bonhomme, là ! Tu balances l'insulte…

– C'était pas une insulte ! Merde, même Leïla elle a dit pareil.

– Leïla, c'est une grosse conne !

– Et voilà ! On est tous des nuls, y a que toi qui…

– C'est pas c'que j'veux dire ! Putain ! Tu me laisses parler, ou quoi ?! elle a gueulé.

Raw lui a pris la main, genre on se calme, nous ne sommes qu'amour et lumière, mais elle s'est dégagée en le foudroyant d'un regard noir, genre te mêle pas de mes histoires ou je t'en colle une. Il se l'est tenu pour dit. Voilà pour le négociateur onusien.

À Janine je venais de lui trouver un surnom, taillé sur mesure : la môme Ninja. Style tout de suite sabre au clair, ou plutôt ces espèces d'étoiles de mer métalliques ultra pointues qui se plantent dans ton cul quand tu essayes de t'échapper en douce dans les films de samouraïs.

– Galatée, c'est ma pote ! elle a repris. Une vraie pote, pas on se texte toute la journée sans rien se dire d'intéressant ! Pas des chérie par-ci, chérie par-là ! Pas on est toujours collées ensemble, hahaha ! Juste de vraies potesses ! Des amies, tu vois ?!

– Je vois ! j'ai fait.

– Et Galatée, elle est pas bizarre ni rien !

– D'accord ! D'accord !

Son truc sur l'amitié, je comprenais, ça se plantait droit dans le cœur, comme ces saloperies de bidules ninja. Je voulais pas me battre avec l'amie de Galatée. Je voulais pas cramer mes minuscules chances.

Elle m'a fixé de ses yeux surlignés de noir, ses yeux furieux.

– Galatée, elle a repris, Galatée…

Mais elle n'a pas pu en dire plus, son visage s'est tordu, tandis qu'elle plissait les paupières, et d'un coup elle m'a tourné le dos. Elle s'est éloignée de quelques pas et puis elle s'est arrêtée, les épaules relevées, bien en rogne, des flammes rouges sortant de ses cheveux noirs en pétard, pour ainsi dire. Nous nous sommes regardés Raw et moi, pareils à des zombis les pieds pris dans du béton armé. Il a fermé les yeux trois secondes, et il l'a rejointe. Il a tenté de poser son bras autour de ses épaules. Elle s'est dégagée d'un coup de hanche furax. Il a recommencé. Elle s'est dégagée encore. La troisième fois elle s'est laissé faire. Il m'a même semblé qu'elle s'appuyait contre son copain Raw, dit le roc, dit compte-sur-moi, mais je n'en jurerais pas.

Ils ont discutaillé sans se préoccuper de ma petite personne. J'entendais surtout Raw qui parlait en agitant les bras dans tous les sens. Janine se contentait de hocher à peine la tête, tantôt pour oui, tantôt pour non. Je me suis appuyé contre le tronc de l'arbre. J'ai cherché un peu partout, dans mes poches, dans les doublures de ma parka, au fin fond de mon sac à dos, il fallait me faire une raison, ça ne marchait pas à tous les coups. J'étais à la ramasse question herbes magiques ! J'ai lorgné l'écran de mon portable, rien de nouveau. J'ai hésité à bondir sur mon biclou et me carapater au chaud dans ma piaule. Laisser tomber ! Je savais bien que c'était impossible ! Pas tant que la môme Ninja ne m'aurait pas lâché la grappe, autrement dit, craché le morceau. J'étais tenu par ma promesse à Raw de ne pas moufter, mais ça me démangeait féroce, surtout depuis que Leïla avait ramené Kevin Marinaud sur le tapis. Je me rappelais clairement ses mots, ce type, putain, il me dégoûte ! Depuis, je m'étais rencardé à droite à gauche, j'avais jeté un œil sur les réseaux. Je m'étais trompé, s'il traînait avec les rupins de la ville haute, lui habitait une tour merdeuse quelque part dans un bled après l'autoroute. Son dab était gérant d'une grosse scierie. Pour tenir son rang de kéké, Kevin Marinaud dealait, et pas que des plantes du jardin qui font rire, lui il bricolait plutôt dans le chimique, dans le lourd. Ce genre de défonces auxquelles je n'avais jamais voulu goûter. Je m'en tenais à la fumette, je ne voulais pas sentir un jour ma cervelle me dégouliner par les trous d'nez, façon crème anglaise. Il était devenu le fournisseur officiel des petits merdeux friqués de sa fine équipe. Voilà comment il s'était rendu indispensable, voilà comment il les tenait. Il avait bien été viré de son précédent bahut en cours d'année, et il y avait bien une rumeur qui tournait d'une sale agression sexuelle sur une fille de son ancien lycée, mais impossible de rien apprendre de précis, rien de vérifiable, c'était une info hyper verrouillée. Je me disais que j'étais un beau dégueulasse de laisser Galatée se démerder seule avec ce trouduc. Je me disais qu'il faudrait peut-être se décider à se bouger le cul avant que tout ça nous pète à la gueule et qu'il soit trop tard !

Juste au moment où j'allais me barrer parce que je commençais à m'emmerder sérieusement à faire de la figuration sur ma souche, sans compter les gros nuages menaçants qui se calaient juste au-dessus du square Youri Gagarine, tels des vaisseaux de guerre intergalactiques, modèles mastards, Janine a abandonné Raw en plein discours, les bras encore en l'air, pour revenir vers moi. Elle avait l'air encore très remontée, les sourcils froncés en V et la mâchoire crispée à s'en casser les dents. Avec tous ces bouts de ferraille qui perçaient la peau de son visage, j'avais l'impression qu'elle portait une armure. Bref, la fille qui n'a pas envie de rire.

– Yo ! j'ai fait en levant la main en signe de paix.

Elle s'est campée à dix centimètres de ma face. Je sentais la chaleur des flammes qui rougeoyaient au fond de ses yeux. Une seconde, je me suis même demandé si elle n'avait pas pleuré, le khôl marquant ses orbites s'était étalé sur ses joues.

Personnellement, je me sentais blanc comme neige, sans reproches. Galatée, même pas avec une plume je l'aurais effleurée. Et si je me rappelais bien, c'est plutôt elle qui m'avait embrassé, ou je rêve. Bon, il y avait deux mille ans, et ça ne s'était jamais reproduit, mais quand même. Alors, Janine, qu'est-ce que tu dis de ça ? Tu sais quoi, j'ai l'impression que tu te trompes d'ennemi.

– Tu peux garder un Putain de Secret ?! elle a fait, avec une majuscule à chaque mot, pour qu'ils frappent fort contre l'os de mon front, en me fixant droit dans les yeux.

Tout à coup, je n'avais plus tellement envie d'entendre ce qu'elle avait à me dire, secret ou pas. Tout à coup, je me serais contenté de cette petite vie peinarde, l'atelier théâtre le samedi, la drague décontractée quand l'occasion se présente, le rire de Raw quand il est en forme, les tarpés et la bière, les cours à mourir d'ennui, la glande le reste du temps. Je me serais bien contenté d'être le type moyen, un peu mou, pas particulièrement brillant, pas particulièrement le beau gosse. Le petit délinquant qui se démerde pour passer juste sous les radars.

J'ai fait oui de la tête.

J'ai senti mes cheveux se dresser sur ma nuque à l'instant même où Janine ouvrait les lèvres et c'était pas à cause du clou planté dans sa langue. Comme quand on connaît par cœur la scène du film, celle qui fout vraiment les chocottes, celle où la créature sort de la nuit avec sa gueule fracass et sa hache sanguinolente à la main.

– Alors, je vais te dire Arthur pourquoi Galatée par moments elle a l'air bizarre ! a commencé Janine. Pourquoi elle reste toujours avec cette bande de bouffons. Ce mec, Kevin Marinaud, avec trois autres connards, ils lui ont fait avaler du GHB ou je sais pas quelle pourriture sans qu'elle le sache et après, quand elle a été en plein dans les vapes, incapable de se défendre, il l'a filmée pendant qu'ils la baisaient. Tous les quatre ! Et tu sais comment ça s'appelle ? Un viol, ça s'appelle. Un viol aggravé, si tu veux savoir ! Et depuis, ce pourri, ce chacal menace de balancer la vidéo sur les réseaux si elle ouvre sa gueule. Depuis, elle est prise dans ce Putain de Piège ! Et je sais pas comment on peut la sortir de cette horreur !

Et donc, j'avais vu juste. En même temps, il ne fallait pas être devin. Il n'y avait pas de limite, nous les humains, nous pouvions toujours inventer plus tordu, plus dégueulasse, plus infâme. Comme une espèce de concours à la con qui durait depuis la nuit des temps et dont personne jamais n'avait écrit les règles. En gros, tout était permis et les plus pervers gagnaient à la fin.

Elle a repris son souffle, la rage lui brûlait la voix. Elle m'a lancé un regard vraiment mauvais, vraiment dur. J'ai eu envie de baisser la tête. J'ai ravalé ma honte.

Les filles, elles avaient ce truc fragile entre les cuisses qui les rendait vulnérables.

– Ça va ? Ça te suffit comme explication, ou tu veux que je rentre dans les détails ?! Parce que la vidéo, Galatée elle l'a vue, et vrai, ces gros porcs ce qu'ils lui ont fait, même pas elle peut en parler ! Ça la tue ! Alors, depuis, j'ai juste envie de les crever ! Et ça me bouffe la vie !

Elle n'a pas baissé les yeux une seule seconde, même lorsque les larmes ont coulé sur ses joues, les barbouillant de traînées noires. Elle tremblait comme si elle mourait de froid. Plutôt, elle vibrait, de la tête aux pieds, comme si un moteur s'était emballé quelque part dans sa poitrine, quelque chose comme une machine à lui ravager le cœur. J'ai eu envie de la prendre dans mes bras, une envie intense, mais j'ai pas osé. Je me sentais trop con, avec mes bras ballants et inutiles.

Raw s'est ramené. La môme Ninja, c'était sa copine, alors il a ouvert ses grands bras et la prise contre lui, ses dreads comme les ailes d'une mère poule enveloppant son poussin. Elle s'est laissé faire sans me lâcher des yeux. J'entendais la circulation sur le boul', j'entendais les cris hystéro des joyeux joueurs de foot, le bourdonnement du vent s'engouffrant entre les barres d'immeubles. Mais tous ces bruits me semblaient étouffés, entendus à travers un mur, ou comme quand on se fait bouler par une vague et qu'on revient à la surface, quand on ne sait plus trop qui on est. Si ce monde existe encore.

– Alors ! elle a fait. Tu la kiffes toujours autant ?

Elle a ricané, comme une qui s'est coincée les doigts dans la porte, comme une surtout qui s'attend à tout. Genre, dégoûtée par le genre humain.

– Tu sais quoi ? j'ai répondu. Si je kiffe Galatée ou quoi, ça regarde qu'elle et moi ! Par contre, je t'ai trouvé un surnom ! La môme Ninja ! Ça te botte ?

– Putain ! elle a craché en repoussant ce pauvre Raw qui écarquillait les yeux comme un hibou dans les phares d'un bolide et paraissait complètement dépassé par la tournure des événements.

Fallait pas que j'oublie Raw, fallait pas que je lui casse sa baraque, pour une fois qu'il semblait accro à une meuf.

Janine s'est plantée devant moi, poings serrés, épaules rentrées, prête à l'empoignade. J'ai fait pareil. On sait jamais. Ça peut toujours dégénérer. Je n'avais pas tellement envie de me prendre une trempe par une crevette vénère en plein milieu du square Youri Gagarine.

– Ouais ! j'ai insisté. La môme Ninja, parce que je sais que tu es prête à venger ton amie ! J'ai pas raison ?!

Elle est restée figée trois secondes, le temps de comprendre si ce que je venais de dire était du lard ou du cochon, si on se serrait les pognes ou si on se les mettait sur la tronche. Et puis, sans vraiment baisser la garde, elle a relâché la pression. Elle a acquiescé d'un bref hochement de la tête.

– Hé ! a fait Raw, c'est quoi ce plan de merde ?!

– T'as pas entendu Janine ? Raw, t'es contre la violence, contre la vengeance ! OK ! Je comprends, Raw, j'accepte, mon frère ! Mais tu as entendu comme moi ! Tu sais ce que Galatée a morflé ! On peut pas faire comme si c'était pas arrivé !

Il a fait oui de la tête, sans déborder d'enthousiasme. Il me connaissait comme je le connaissais, il se doutait bien de ce qui grondait en moi. Les chiens qui aboient, le tonnerre des chevaux lancés au grand galop, les éclairs et les flammes. J'avais la haine.

Je me suis tourné vers Janine.

– Et les copies… les copies de la vidéo ?! Il a bien fait des copies ?

– Pas de copie ! Il a trop la trouille de se faire choper, ou que ça lui échappe ! Alors là, fini le Putain de Piège ! Et Galatée…

Elle a pas pu continuer, la gorge trop serrée.

Je la croyais, je voulais la croire.

– Et les trois autres types, elle sait qui c'est ?

– Ils sont débiles, mais pas à ce point. La vidéo, c'était prévu, prémédité ça s'appelle. Ils portaient tous des masques, et puis, de toute façon, elle était à moitié inconsciente. Les trois autres on s'en fout pour l'instant. Il faut se concentrer sur Kevin.

– Alors, on fait quoi ? j'ai dit.

– Rien ! On fait rien ! On surveille ! On attend !

– J'comprends pas ! j'ai fait.

– Tu me fais confiance, Arthur ?

J'ai fait oui de la tête, mais je l'avais mauvaise.

– Alors tu m'écoutes ! On fait rien ! Tu promets.

– D'accord, d'accord ! j'ai fait. J'promets !

– Et dès qu'on peut, on lui fout sa race !

Nous nous sommes regardés un moment, dans le blanc des yeux comme on dit. Je ne sais pas trop ce qui a pu passer entre nous, télépathie, connexions extra neuronales, mais nous avons éclaté de rire en même temps. Pas un rire joyeux, plutôt le rire furieux, violent, avec les dents qui sortent.

Et Raw, il a eu beau essayer de résister, il a plongé avec nous avec son grand rire plein de dents blanches grandes comme des pelles.

– Raw ! j'ai hurlé. La Môme Ninja ! j'ai hurlé.

– Hé ! a fait Raw, et pourquoi t'as pas de surnom, mec ?!

Ça nous a coupé le sifflet direct. On s'est regardés comme des nazes, le bec ouvert.

– *Arthur*, j'ai dit, c'est déjà un surnom, tu crois pas !

À cet instant, mon portable a sonné. Ça m'a fait bizarre, je n'avais plus l'habitude. C'était la mama.

– Yo, Maman !

– Arthur, il faut que tu rentres ! Et vite !

– Quoi quoi ?! j'ai fait.

– Vite ! Ça veut dire tout de suite !

Quand je suis arrivé à la maison, ma mère m'attendait sur le perron à l'abri de la pluie qui tombait à verse, avec sa tête des mauvais jours, lèvres pincées, sourcils froncés, rides s'empilant sur le front, genre pas commode. J'avais horreur de la voir dans cet état, j'avais l'impression qu'elle avait 120 ans et que plus rien jamais ne la ferait sourire. Une vieille bonne femme aigrie, ridée et triste. Ça me faisait flipper, ça me laissait entrevoir d'amers horizons que justement je ne voulais pas voir. En même temps, ça me mettait en rogne. J'avais envie de hurler, hé, déconnez pas, déjà j'ai pas de père ! C'est pas suffisant ? C'est pas assez cher payé ?

Je ne savais pas trop à qui je m'adressais, à personne probablement.

Clouclou était pendue à sa jambe, la tête enfouie entre ses cuisses, comme si elle aussi avait quelque chose à me reprocher.

J'ai posé mon vélo contre le mur, pas jeté en vrac devant la porte selon la coutume. Je voyais bien qu'il valait mieux pas en rajouter.

– Hé ! j'ai fait en montant les trois marches du perron. Le bon fils obéissant qui n'a pas traîné en route.

– Les flics sont venus ! Les gendarmes !

Vous auriez vu ma tronche, le p'tit gars surpris, un peu inquiet, mais pas trop, attendant la suite en posant sur sa mère le regard transparent de l'innocent. Cheffe Marianne m'aurait donné le rôle du traître sur-le-champ.

– Rentre ! Il faut vraiment qu'on parle ! elle a fait.

J'ai affronté son regard. Elle a détourné les yeux très vite, comme si elle ne voulait pas m'accorder le bénéfice du doute. Quoi, j'étais déjà coupable ? Elle m'avait déjà condamné ? Parfois, je la détestais. Elle a poussé le Cloporte devant elle qui en a profité pour me tirer la langue. Ben mince alors, ma petite sœur aussi ?! Je les ai suivies. Pas besoin de me mentir, je les avais à zéro. La trouille au ventre. J'étais coincé.

– L'incendie de la voiture de mon ex-patron, c'est bien un acte criminel. Alors ils cherchent le ou les coupables ! Ils font le tour des personnes qui ont eu des problèmes avec lui ! Alors, comme j'ai démissionné juste après, ils sont venus m'interroger ! Mais ça, j'en ai rien à faire ! Ce n'est qu'un tas de ferraille appartenant à un abruti détestable !

Elle s'est tue. Elle a regardé la pointe de ses chaussures. Des Converses rouges encore en bon état avec un lacet vert et un lacet jaune. Rien de spécial. Elle a repris son souffle en faisant un drôle de bruit avec sa gorge, comme si un truc s'était mis en travers.

– Ils ont demandé à voir ton vélo !

Elle m'a regardé, au fond des yeux, pourrait-on dire. J'ai eu le plus grand mal à ne pas détourner le regard à mon tour. Le plus grand mal à garder mon air angélique.

– Mon vélo ? j'ai fait, comme si j'avais mal entendu. Comme si ça ne tenait pas debout.

– Ils ont des images de caméras de surveillance ! Ils cherchent un homme, jeune, à vélo ! Ça te dit quelque chose ?

– Oh ! j'ai dit. Qu'est-ce que tu crois ? J'ai rien fait !

– Alors c'est parfait ! On va aller à la gendarmerie. Tu vas leur montrer ton vélo et tout ira bien !

– Quand même ! j'ai fait. J'y crois pas !

– À moins que tu aies quelque chose à me dire avant ?

La tête inclinée sur l'épaule, le regard bien dur, bien tranchant.

– Maman ! j'ai couiné, la main sur le cœur, insoupçonnable, offusqué par cette mise en cause.

La bécane qui avait servi cette nuit-là et que les keufs recherchaient, une antiquité bien déglingue, je l'avais abandonnée après usage dans un endroit tranquille à quelques rues d'ici, et à l'heure actuelle elle devait être déjà aux trois quarts dépecée par les lascars du coin, s'ils ne l'avaient pas balancée dans le canal, un sport très pratiqué dans la région. Et le mec cette nuit-là, qui roulait peinard sur cet engin, façon nuiteux rentrant au bercail après une dure journée de labeur, portait un anorak vert crasseux, modèle sac de couchage tombant jusqu'aux genoux, une casquette du même acabit sous sa capuche et une écharpe bleue qui lui remontait jusqu'aux sourcils. Et des gants. La nuit, à vélo, on se les gèle. Toutes fringues achetées aux Puces pour 12 € et ayant depuis longtemps disparu à la décharge. Le biclou venait de chez Emmaüs, 10 €. J'avais vu toutes les saisons de *Mission Impossible*, celles qui dataient du temps des dinosaures, avant le déluge, les deux cents épisodes mon ami. J'en connaissais un rayon en matière de transformisme.

La première fois, je me suis fait gauler comme un bleu et j'en ai pris pour cinquante heures. Ma mère m'a dit : que cela te serve de leçon. Je suis un bon fils, M'man, j'ai retenu la leçon. Yo !

– Va te changer, tu es trempé ! Grouille ! J'ai pas que ça à faire, figure-toi. Je vais demander à Berthe de garder Cloé.

Berthe, notre voisine d'en face. Pas tout à fait cuite à mon avis, mais gentille comme tout. Le Cloporte l'adore.

Mais rien à faire. En montant dans la voiture après avoir casé tant bien que mal *mon* vélo dans le coffre, je serrais les fesses.

Il l'a regardé sous toutes les coutures. C'était un bon vieux vélo, pas un de ces fatbikes électriques aux roues énormes qu'on voyait de plus en plus dans le coin, des machines de frimeurs. Il a serré les freins, fait tourner le pédalier, allumé le phare arrière. Je me suis demandé s'il allait aussi faire un tour d'essai, ou peut-être graisser la chaîne, regonfler les pneus. Je voyais bien qu'il était devant ma bécane comme une poule devant un couteau. Un dicton de mon grand-père qui en avait tout un stock en réserve.

Il l'a soulevée comme pour vérifier son poids. Il me faisait rigoler. Il tentait de nous la jouer fine, genre l'inspecteur Horatio sur la piste des desperados (j'avais décroché à la deuxième saison), mais c'était trop visible qu'il savait pertinemment que nous savions qu'il faisait fausse route. Ça matchait pas comme ils disent, les pros du polar. Ma mère l'observait d'un œil furibard, fermement campée entre lui et moi, sans chercher à cacher sa désapprobation. J'étais confiant. Cette machine n'avait pas quitté notre garage la nuit de l'incendie. Elle ne s'était même jamais approchée de la rue des Tilleuls depuis les cinquante dernières années. Elle ressemblait autant à celle que j'avais utilisée cette nuit-là, la nuit du crime, qu'un cheval à une chèvre. Par exemple.

Il l'a enfin reposée sur ses deux roues. Il s'est tourné vers moi. Je n'aimais pas du tout son regard. Genre suffisant, genre tu sais à qui tu as affaire, petit ? Surtout genre je vais passer pour un bouffon.

– Tu peux m'affirmer que tu n'as pas quitté la maison dans la nuit du 7 au 8 ? il a demandé en fermant à moitié un œil.

J'ai pas eu le temps ni de comprendre sa question ni de répondre, ma mère a fait un pas en avant. Elle a fait « non » d'un mouvement vif de la main. Je ne savais pas si elle s'adressait à lui ou à moi, peut-être aux deux? Ça m'a figé sur place. La langue collée au palais.

– J'ai bien voulu vous montrer la bicyclette de mon fils, pour mettre fin à ces ridicules soupçons qui pèsent d'ailleurs je ne sais pas sur qui, lui ou moi? Maintenant, si ça ne vous suffit pas, il faudra me présenter une convocation!

– Ne le prenez pas sur ce ton! C'était juste...

– Mon fils est mineur! Si vous voulez l'interroger, il faudra y mettre les formes!

Elle lui a littéralement arraché ma bécane des mains. Me l'a tendue en désignant la voiture. Je me suis empressé d'obéir. Courage, fuyons!

– Monsieur! Elle l'a salué d'une voix glaciale et cinglante à la fois et elle m'a rejoint, les yeux flamboyant de colère. Soyons précis, flamboyant d'indignation et de colère.

Spéciale admiration à la mama pour sa bravoure.

À ce moment-là, quelque chose a craqué dans ma tête. Je me suis senti vraiment merdeux, en dessous de tout, une larve gluante à l'œil torve. Faux-cul, fourbe. Pareil au rat mort que je m'étais toujours juré de ne pas devenir.

– Allez, Arthur! elle a fait, bouge-toi un peu!

J'ai poussé comme j'ai pu la roue avant qui dépassait du coffre et le haillon a daigné se verrouiller.

Elle a garé la voiture devant le garage et coupé le contact. Nous nous sommes trouvés environnés de silence après le raffut de cette vieille casserole. C'était maintenant ou jamais, ma dernière chance de ne pas tomber plus bas.

– Maman! j'ai fait.

– Oui? elle a répondu la main sur la poignée de la portière, la tête déjà ailleurs.

– Maman ! C'est moi ! C'est moi qui ai mis le feu à la voiture de ton patron ! De ton ex-patron !

– Tu... mais qu'est-ce que tu racontes, Arthur ?

Le temps d'un battement de cils, je nous ai vus comme deux inconnus, pas de lien, pas d'histoire, juste deux personnes assises côte à côte. Et c'était chouette, confortable, tranquille, reposant, pas de hurlements, pas d'explications à n'en plus finir, pas de larmes, pas de morve.

– La vérité ! j'ai répété.

Je ne voyais pas quoi dire de plus, c'était déjà assez difficile ce simple mot. Il pouvait vous engrener vers de sanglantes catastrophes.

Elle a posé les mains sur ses cuisses, elle a baissé la tête. Elle l'a secouée deux trois fois, comme si elle discutait avec elle-même et que ça se passait pas trop bien, que les avis étaient divergents, inconciliables. Sa queue de cheval balayait son cou.

– Mais, ta bicyclette alors ? Je ne comprends pas !

– C'était une autre ! Et j'étais déguisé aussi !

– Tu étais... déguisé ! ? elle a répété, comme si elle avait du mal à le croire. Comme si elle trouvait que ça prenait une drôle de tournure, tout ça. Que ça lui échappait pour de bon. Qu'elle imaginait mal la suite.

Elle a écarté les bras, mains ouvertes, paumes en l'air, et puis elle les a posées sur son visage. Sur ses yeux. Elle est restée un moment comme ça, immobile, concentrée. Pendant mille ans. Seule. Elle poussait de petits gémissements, un peu comme une souris prise au piège. Qui souffre mais ne veut pas se faire repérer. Je sentais la vie qui s'écoulait de moi, comme d'un tuyau percé. Une baudruche. Une bouée canard. Une vieille chambre à air.

– Bon ! Je vais chercher Cloé ! elle a fait, sans colère ni rien.

– Promets-moi, Arthur ! m'a demandé ma mère.

Elle n'était pas furax, ni vénère, ni rien. Plutôt les traits tirés, le regard vide, les épaules en dedans, comme un lendemain de teuf. Mais la fiesta un peu extrême, avec perte de mémoire, estomac en vrac et le cerveau fracassé le lendemain. Cependant, elle ne perdait pas le nord. Elle attendait, le bout des fesses posé sur le canapé du salon, et je n'avais vraiment pas envie de faire le flambard. Je sentais qu'on était au bord de quelque chose, impossible d'imaginer quoi, mais un pas de plus, et on pénétrerait en territoire inconnu, genre Tchernobyl, Fukushima, Zone Zombis. Elle a levé les yeux, elle m'a regardé de ses yeux fatigués qui luisaient dans la pénombre, que la peur faisait luire dans la pénombre. J'étais tendu, pâle je dirais, comme découpé dans du carton ondulé. J'avais froid aussi, à l'intérieur. Elle attendait que je lui fasse ma promesse, de ne plus dérailler.

Elle avait le droit, elle était ma mère. Son cœur devait battre à toute allure, à tout rompre, et lui faire mal, un fer de lance perçant son dos entre les omoplates. J'avais déconné à fond, à mort. Sérieux, je risquais la taule, même si ça avait un autre nom pour les mineurs. Pas des heures de TIG sous les ordres de madame Doumina. Salut à elle ! Non. La taule ! Celle avec quatre murs et une porte en acier. Ça me terrifiait ! J'en grinçais des dents !

J'ai pensé à mon père brusquement. Plutôt à une photo de mon père accrochée au mur de ma chambre. En tenue d'intervention, épaisse veste de cuir avec bandes réfléchissantes, casque F1 à visière métallisée dorée étincelant à son bras. Pas très grand, le type robuste plutôt, avec un demi-sourire en coin, qu'il adressait à ma mère je supposais. Je me suis demandé ce qu'il aurait fait, à ma place ! Pas mettre le feu à une voiture probablement, il était sapeur-pompier quand même. S'il serait allé s'expliquer entre quatre yeux avec l'autre connard, avec baston d'anthologie si nécessaire, s'il ne voulait pas comprendre, s'il continuait à frimer, à agresser ses employées tel le gros porc qu'il est. Mais peut-être que cela ne serait tout simplement jamais arrivé s'il avait été là, mon vieux. Que ma mère n'aurait pas été obligée de bosser dans un supermarché tenu par un prédateur sexuel. À l'heure qu'il est, au lieu de trembler pour son fils assise du bout des fesses sur le canapé du salon, peut-être qu'elle serait sur les planches à étinceler dans la lumière des projecteurs.

Est-ce qu'il me manquait ? Je l'avais à peine connu. Je ne me rappelais de presque rien. Rien de certain, plutôt ce que m'avaient raconté ma mère et mes grands-parents. Mais je ne voulais pas me dédouaner. Je n'aurais jamais dû foutre le feu à cette caisse de merde. Jamais. La taule, mec, la taule !

Alors j'ai promis. J'ai dit : « Maman, je te promets ! »

Mais je ne pouvais pas promettre de tenir ma promesse. Je n'étais pas aveugle, ni borné, ni égoïste, c'était pas ça. Je voyais bien que ce n'était pas toujours très drôle d'être ma mère. Un fils grave délinquant, destructeur de voitures. Une Cloé pot de colle accrochée à sa jambe du matin au soir. Plus de boulot. Pas de copain en vue. Tenir la maison. Une liste à n'en plus finir. Je savais que les années passaient. Que peu à peu, mine de rien, sournoisement, la lumière s'éloignait, la scène s'assombrissait et Juliette perdait son clair éclat des premiers jours.

Alors, ça me poignait le cœur. Voilà !

Mais je n'y pouvais rien, je ne regrettais rien de ce que j'avais fait !

Je devais le faire. J'avais choisi mon camp.

Je me suis levé, j'étouffais, je suis sorti par la porte-fenêtre. Le ciel était sombre, encombré de nuages. Pas une étoile. Le jardin minuscule. L'air glacé. J'ai entendu ma mère se lever et puis les bruits qu'elle faisait en trafiquant dans la cuisine. Une impression comme si tout était incertain, un peu de guingois, un peu branlant, fragile. Facile à briser, à disperser dans le vent. Poussière, lambeaux de papier. Traces sur le sable effacées par la mer.

Dans un an, je serais majeur. Je pourrais partir, vivre ailleurs, loin. Prendre un nouveau départ selon cette vieille formule à la con. Ne jamais les revoir, ni ma vieille, ni Cloé, ni personne. Les oublier. Raw, Galatée et les autres. Une autre vie. D'autres gens, des super marrants, super balèzes, super géniaux. Mais pas la peine de se la raconter, je n'avais aucune envie de partir, de les quitter, ni les uns ni les autres. Dans un sens, ça me foutait plutôt le bourdon, ça me faisait peur d'y penser. Je n'avais pas assez d'imagination pour inventer l'Avenir, de Nouveaux Horizons (encore des expressions à la con). J'aimais traîner dans le coin, j'aimais cet horizon au bord de l'océan. La plage, les dunes, la forêt, ce bon vieux square Gagarine. Même le bahut, parfois, je le trouvais supportable. J'aimais traîner avec Raw, palabrer, dire des conneries, se chambrer. Boire des bières, fumer des pétards. Draguer les filles. Baver devant Galatée. En baver pendant les cours de Marianne Fishberg. Entendre cette étrange voix dans ma tête de temps à autre, ces mots, ces phrases que je ne comprenais pas toujours et qui me donnaient des frissons, la sensation d'atteindre le cœur vibrant du monde.

Comme me l'avait balancé bien dans la gueule la conseillère pédagogogique, que j'avais dû supporter durant vingt terrifiantes minutes à mourir d'ennui en début d'année, un cauchemar, *je n'avais pas assez d'ambition!*

Ben merde alors, moi qui comptais devenir le plus grand poète que la terre ait jamais porté? Comme mon illustre prédécesseur Arthur Rimbaud! Il fallait juste que je m'y mette. À poétiser je veux dire.

– Arthur! Cloé! Allez vous laver les mains, on va passer à table! a fait ma mère. Ma mère, dont le vrai nom est Claudia, ne jamais l'oublier.

Faire à bouffer, tous les jours, pour un goinfre et une chipoteuse. À ajouter sur la liste.

Je suis rentré, j'étais gelé jusqu'aux os.

J'étais allongé tout habillé sur mon lit, je n'arrivais pas à dormir, dans ma tête c'était un sombre bordel. Tellement sombre que j'avais même renoncé à écouter de la musique. Je fixais comme un demeuré le rectangle plus clair de la fenêtre, les traînées des gouttes de pluie sur les vitres.

Elle a frappé à la porte.

– Ouais! j'ai fait en me redressant.

Elle est entrée, plutôt elle s'est glissée par la porte entrouverte, comme si elle ne voulait pas déranger, genre souris de la nuit. Elle a jeté un œil autour d'elle. C'était plus fort qu'elle. Elle ne pouvait pas s'empêcher de chercher le truc qui traîne, les étagères qui débordent, la machine allumée pour rien, les fringues crades entassées dans un coin. Pas souris, plutôt genre fouine fouineuse.

– Ce que tu as fait est idiot, dangereux et répréhensible, elle a dit, je ne reviens pas là-dessus. Mais surtout, c'est extrêmement courageux, à la fois stupide et très chevaleresque et ça me touche vraiment très fort. Voilà, je voulais que tu le saches, Arthur!

– M'man! j'ai braillé.

Ça devenait gênant, là !

– Et je te signale qu'il est très tard et qu'il est plus que temps de dormir !

Et elle est ressortie.

C'était ma mère, celle qui m'avait élevé. Pas bien haut, mais droit !

– Un théâtre est un lieu clos sur lui-même, et cette bulle hors du monde est nécessaire pour créer. En même temps, c'est un lieu qui doit être grand ouvert sur la vie, toujours ! La voix, les mots, l'esprit, le cœur, les tripes ! Tout doit pouvoir se montrer sur une scène. Les sentiments, sublimes ou misérables, les amours et les haines, l'indifférence, la jalousie, l'honorable comme l'ignoble. L'espace infini, comme la plus minuscule bicoque perdue au fond des bois où s'abrite la plus insignifiante des âmes tremblotantes dans la nuit. Tout ce qui existe dans le monde du dehors peut se retrouver sur un plateau de théâtre. Les seules limites sont l'imagination de l'autrice ou de l'auteur, et la conviction, le feu intérieur qui anime les interprètes.

Je n'arrivais pas toujours à suivre ce que la prof nous racontait quand elle s'embringuait dans ses impros imprévues, mais rien à dire, ça me filait la niaque pour la journée. Ça me donnait l'impression de devenir plus intelligent. L'impression. Quant à Raw, il buvait ses paroles, genre en transe. Après, il pouvait me les ressortir pratiquement mot pour mot. Il les recopiait dans un cahier réservé à la Sainte Parole de Cheffe Marianne. Raw y croyait à fond. Je l'admirais pour ça.

– Vous avez écrit ou cherché des textes qui parlent de l'océan, comme je vous l'ai demandé la semaine dernière ! elle a repris. Ce n'était pas une question. Elle nous a flashés un à un, avec son sourire assassin.

Toute la troupe a fait oui oui de la tête, même si certains n'avaient pas l'air très très sûrs d'eux, très très convaincus du résultat de leurs efforts. D'autres soudain palissaient en se mordant les lèvres, baissant les yeux sur leurs tatanes. Raw et moi étions de ceux-là. Raw prétendait que c'était l'occase à ne pas rater, le moyen infaillible de montrer à Galatée ce que j'avais dans le ventre, que j'étais pas qu'un glandeur du fond de la classe près du radiateur.

– Tu pourrais pondre un truc qui déchire, man, pas un poème de blaireau s'extasiant devant la mer bleue et les petits nuages blancs. Quelque chose de fracassant, genre tempête de folie, vents hurlants, naufrage tragique, amours brisées et tout le bataclan. Le truc puissant qui va lui faire battre le cœur. Pour toi, mec, pour ta pomme, si tu es vraiment bon, elle va se pâmer. Les filles, c'est comme ça !

Je l'avais écouté. Raw c'était mon ami et il fallait toujours qu'il la ramène et que je suive bêtement ses conseils à la mords-moi.

– Et toi ? j'avais demandé, tu vas l'épater avec quoi, la môme Ninja ?

– Ah, bah, il avait répondu, je sais pas trop ! J'sais pas trop avec cette nana !

– Hé ! je l'avais coupé, m'embrouille pas, me prends pas pour un glandu ! Si je le fais, tu le fais aussi !

– Ouais, bon ! On verra, on verra !

– Pas de « on verra », mon ami ! Tu topes là ? Ou quoi !

Il avait levé les yeux au ciel, l'amitié ça fonctionne dans les deux sens, ou ça fonctionne pas. Il avait topé ! Le poing, le front, le cœur. Comptez sur Raw pour pas en rater une.

Marianne nous a tenus sous son regard le temps de nous frire sur place, comme si elle ne savait pas par qui commencer, dans qui planter ses crocs en premier.

– Alors, aujourd'hui, on va sortir de la boîte ! elle s'est exclamée. Aujourd'hui on va se confronter au grand large ! Face aux éléments ! Vos manteaux, vos sacs, vos textes ! N'oubliez rien ! Et suivez-moi !

Avec un grand geste du bras en direction de la porte.

Il y a eu un moment de flottement et puis toute la troupe s'est ruée vers les vestiaires en se bousculant, comme si nous n'avions pas vu la lumière du jour depuis des années.

À force de les retrouver tous les samedis après-midi, je finissais par les trouver sympa, les apprentis théâtreux. Frimer, briller, en faire des caisses, se la jouer écorchés vifs, c'étaient les marques distinctives de cette tribu de mégalos. Et les fringues noires. Au début, ça me hérissait, à présent ça me faisait plutôt rigoler, mais pas un rire ironique, ou méprisant, ou supérieur, non, plutôt le sourire indulgent de celui qui comprend, celui qui a ramé et ramera encore comme un malade pour sortir sa réplique sans trop se planter, sans trop se sentir à côté de la plaque, pire que mauvais, à chier et surtout totalement ridicule. En quelque sorte, la technique, c'était en faire trop plutôt que de ne pas en faire assez. En tout cas, à part Galatée, Janine et moi qui étions les seuls inscrits de l'année à avoir tenu le choc jusqu'à ce jour, tous les autres avaient une ou deux années d'atelier de Marianne F. derrière eux. Genre mordus, genre on s'accroche, on en veut. Respect. La chouette équipe.

Nous voilà tous dévalant la dune en courant loin derrière la prof, n'oublions pas, ex-championne olympique. Fonçant comme des dératés, vociférant comme des psychopathes jusqu'à la frontière des vagues. Il y avait des rouleaux énormes déchiquetés par les bourrasques. La tempête, le vent hurlant étaient au rendez-vous, manquait plus que le naufrage tragique et les amours brisées, mais ça n'allait pas tarder. Nous nous sommes alignés comme des sardines devant la mer. À peine si on s'entendait. À côté de moi, et je jure que je l'avais pas cherché, pas fait exprès, Galatée. Sa chevelure comme des flammes folles dansant dans le vent, comme la parure dorée de la figure de proue du navire amiral. Elle m'a regardé à travers les mèches de ses cheveux sauvages, elle a souri. J'ai cru la voir sourire, un sourire fugace. Ses lèvres ont souri mais pas ses yeux, ses yeux sont restés tristes et j'ai pas eu le temps de réagir qu'elle avait déjà détourné le regard, comme si elle était en faute, comme si elle n'avait pas le droit. J'ai ravalé ma grimace amère. Ce mec, Marinaud, je ne savais pas encore comment, mais j'allais lui pourrir la vie. Lui mettre sa race ! Lui faire payer le prix fort pour ce qu'il avait infligé à Galatée !

– Alors ! Qui se lance ?! a fait la prof.

Elle avait l'air de bien se fendre la pêche, style mes gentils drôles, vous allez tous y passer, faites-moi confiance !

J'ai levé la main. Autant en finir au plus vite, je me suis dit. Bourreau, fais ton office !

– Vas-y Arthur ! Fort et clair ! a fait la championne olympique et mondiale.

– J'ai choisi d'écrire un poème, même si je ne suis pas aussi doué que l'un de mes illustres ancêtres, Arthur Rambo !

Marianne a froncé les sourcils, genre catastrophée, et puis elle a eu l'air de la trouver amusante, pas très légère, mais amusante. Le truc pour mettre un peu l'ambiance. J'avais prévu aussi un tricorne en carton, rescapé de je sais même plus quelle fête, que j'ai sorti de mon sac et enfoncé sur mon crâne jusqu'aux yeux. Le vent était vraiment fort.

J'avais turbiné comme un damné, suant et me tordant les mains (et pillant les sites de synonymes) parce que j'avais décidé de les épater, les clouer sur place, leur montrer qui était le prince des frimeurs, le roi des bouffons. Mais à présent, face à toute la troupe, face à Galatée que je n'osais même pas chercher du regard, je l'avais à zéro, sueur froide et esprit vide, blanc. La vache ! le trou, le tunnel de l'enfer, je me suis dit, je suis mort. J'aurais dû prendre une antisèche. Pire que mort, cramé à vie avec un chapeau à la con enfoncé jusqu'aux sourcils. La poésie, ça me tuera.

Et puis ça a jailli, d'un coup ! Les mots, la force, le feu intérieur, comme dit la prof. L'extraordinaire lumière !

Alors j'ai hurlé, luttant contre le fracas du vent et de l'océan, parce que je voulais qu'on m'entende, je voulais qu'on me suive dans ce voyage.

Nous sommes capitaines, marins, navigateurs au long cours, cap-horniers, mousses enrôlés dans la grande course,

J'ai hurlé de toutes mes forces, parce que j'étais en vie, parce que ça vibrait, parce qu'une douzaine de clampins m'écoutaient sans broncher, l'oreille tendue, la bouche ouverte.

Nous sommes pirates, flibustiers, corsaires, écumeurs d'océans, pilleurs d'épaves, boucaniers, chasseurs de trésors,

Parce que Galatée m'écoutait les yeux écarquillés, buvant mes paroles.

Nous sommes les chevaucheurs de tempêtes, les arpenteurs de rivages, les passeurs de tropiques, découvreurs de lointains, bouffeurs d'horizon,

J'ai hurlé comme un guerrier peau-rouge, un maboul, un barbare, parce que pour une fois, elle semblait me regarder, me regarder vraiment.

Nous sommes les enfants de la vague et du vent, nous sommes les enfants de la lumière et du ciel, les étoiles nous guident, les typhons nous déroutent, nous sommes la fortune de mer, nous sommes les Enfants Sauvages !

Vraiment !

Nous sommes les Enfants Sauvages !

Le vent a arraché mon tricorne de pirate qui a fusé dans les airs avant d'être emporté par le ressac, avalé par les rouleaux furieux.

Plus personne ne mouftait. Conquis, je dirais.

J'ai salué bien bas l'assistance.

Nous retournions à la civilisation. Nous étions à moitié soûls et totalement déchirés et sans la prise d'aucune substance récréative légale ou illégale, j'le jure. Juste le vent et l'océan. Et tous ces mots que nous nous étions envoyés dans les oreilles les uns les autres. Incroyable ce qu'on pouvait inventer, ce qu'on pouvait écrire, un véritable océan superposé à l'autre. Avec ses îles, ses grèves lointaines, ses requins, ses sirènes, et oh combien de marins combien de capitaines. Je commençais à comprendre Raw et sa passion des bouquins. Est-ce que ça me donnait envie de lire ? N'exagérons pas ! Chaque chose en son temps, je dirais.

Nous remontions par les dunes. Il y avait de l'ambiance. Nous étions chauds comme la braise. Ça discutait, ça criait, ça éclatait de rire, le vrai bordélo. Certains avaient entrepris de chanter *c'est un fameux trois-mâts*, le truc naze que même nos vieux parents n'auraient pas osé exhumer. Un massacre.

Marianne est venue à ma gauche. Cheffe Marianne avait sa tête de j'ai-deux-mots-à-vous-dire-et-vous-allez-m'écouter.

– Tu as privilégié l'intensité et l'émotion au détriment de la diction et d'une interprétation plus fine, elle a fait. C'était risqué, mais dans les circonstances, c'était le bon choix. Et le coup du tricorne, chapeau si je puis dire ! Tu es un petit futé, toi ! Ou je me trompe ?

– J'essaye ! j'ai fait.

– Tu sais ce qu'est l'hubris ?

– Non !

Terrible, elle était terrible. Cette espèce de demi-sourire et son regard aigu qui transperçait mes yeux, mon esprit, comme si elle gardait ses distances, et en même temps voulait vous prendre par les épaules et vous serrer contre elle, je veux dire contre ses nénés jolis. Inaccessible et tellement proche. Parfois c'était tout simplement déchirant, insupportable.

– Hubris, ou hybris, tu chercheras !

Juste quelques glissades sur la vague bleue, quelques rêves idiots, je n'étais pas complètement barjot. C'était Mademoiselle Marianne, Cheffe Fishberg, comédienne, metteuse en scène, championne olympique de gymnastique.

– Tu devrais continuer, elle a fait.

– Quoi !? j'ai fait.

– Le théâtre ! Tu devrais continuer le théâtre !

– Oh !

J'avais imaginé des dizaines de boulots au cours de ma longue vie de glandeur, évidemment soldat du feu, mais aussi champion d'échecs, jusqu'à ce que je me fasse pulvériser en deux minutes par un blanc-bec insignifiant (que je croyais), marin-pêcheur, concepteur de jeux vidéo, mécanicien, jusqu'à un stage en troisième qui m'avait vite soûlé, physicien (au secours), etc. Des délires. Mais théâtreux, même pas en rêve.

– Ma mère, elle a été comédienne et puis mon père est mort et elle a pas pu continuer ! j'ai dit, en me demandant bien pourquoi.

– Mmmh ! C'est pas facile.

– Non ! C'est pas facile.

– J'aimerais la rencontrer ! elle a fait.

J'l'ai bien r'gardée. Voir si elle était sincère, si ce n'était pas des paroles en l'air, des fariboles genre vite oubliées. C'était Cheffe Marianne Fishberg, quand elle souriait on avait l'impression qu'elle allait mordre et qui étais-je pour juger. Bien sûr c'était tentant, ma mère et Marianne Fishberg discutant autour d'une bière. Mais est-ce que ça lui ferait tellement du bien, à ma mère ? Remuer ces souvenirs. Cette vieille histoire. Ces photos en noir et blanc. Quand elle était jeune, dans la lumière. Je ne savais pas. Je ne savais pas ce que ça fait de tomber à terre. Se relever. Elle en parlait jamais.

Après, j'ai rattrapé Galatée, Janine et Raw. Incroyable, Raw tenait Janine par les épaules devant toute la troupe et elle ne lui avait pas encore balancé un coup de pied dans les couilles. On aura tout vu cette année ! J'en ai profité pour me rapprocher de Galatée. Ses cheveux me frôlant le visage, son odeur comme si je me noyais. Ouahou !

– Hé, elle a fait, franchement, ton texte, il est fameux ! J'aimerais que tu me le passes ! J'aimerais le relire.

Mon pied a glissé dans le sable et j'ai bien failli me vautrer de tout mon long. La première fois que cette fille avait l'air de s'intéresser à moi pour autre chose que ce foutu Roméo et sa foutue Juliette. La première fois que j'avais l'air d'exister pour elle en dehors de la salle de répète.

– Sûr ! j'ai fait.

Nous sommes arrivés sur l'esplanade de la jetée. Marianne nous a quittés, elle partait en tournée, il n'y avait pas atelier les trois prochains samedis. Toute la bande s'est éparpillée en quelques minutes comme poussée par le vent du large et à la fin il ne restait que nous quatre. Pour une fois, Galatée n'avait pas l'air de vouloir nous lâcher tout de suite. Nous nous sommes calés derrière le casino, à l'abri du vent. Personne n'avait envie que l'après-midi se termine, même si on ne savait pas quoi inventer pour qu'elle dure, même si ce jour, comme tous les autres, devait bientôt finir. Nous nous sommes appuyés contre le mur en béton, toujours dans le même ordre, Raw, la môme Ninja, Pygmalionne et moi, le gars Arthur. J'avais fait des recherches sur le net, parce que ce prénom, Galatée, me disait vaguement quelque chose. J'avais découvert la légende et surtout j'avais vu des tableaux, des sculptures, des trucs vraiment chauds, inflammables je dirais. Surtout ceux d'un dénommé Jean-Léon je sais plus quoi. Cette peau blanche et lisse, cette nana tout en fesses et en nichons parce qu'il l'avait peinte côté pile et côté face, ce gros cochon. C'était plus bandant qu'une vidéo porno et je ne m'en étais pas privé.

Et puis une voiture a ralenti à notre hauteur. Le conducteur a baissé sa vitre. J'ai senti Galatée se raidir à mon côté. Elle avait reconnu la caisse, une Audi un peu déglingue, et bien sûr c'était Kevin. Il lui a fait un signe de la main, accompagné d'un clin d'œil bien relou, genre maquereau.

– Il faut que j'y aille ! elle a murmuré sans presque bouger les lèvres.

– Reste ! j'ai dit, en posant ma main sur son bras.

– J'peux pas ! elle a fait en se dégageant sans me regarder.

Elle est montée à l'arrière. Il y avait une fille à côté de Kevin et une autre sur le siège arrière. Deux des pétasses de la bande.

Kevin m'a regardé en souriant, genre t'es qu'une merde sans intérêt que j'écrase quand je veux. Il a fait mine de me fumer avec sa main en mode flingue et il a démarré à fond de train.

– PUTAIN ! j'ai hurlé, putain ce connard, je vais me le faire !

Janine s'est arrachée du mur.

– Tu fais rien ! T'oublie, mec ! T'as promis, tu te rappelles ? Parce que si tu bouges une oreille, c'est Galatée qui va morfler !

Ça m'a foutu en rogne. Mais la maousse, celle avec des éclairs dans les yeux et une envie de tout casser. On s'est regardés pendant deux mille ans, la môme Ninja et moi, comme quand on était gosses, que c'était le premier qui décroche qu'est une vraie truffe. Avec son appareil dentaire, elle faisait un peu androïde.

Raw s'en est mêlé.

– Janine a raison ! Et en plus tu le sais ! il a fait, pour bien alimenter ma rage, jeter de l'huile sur le feu comme on dit.

– Alors c'est plié ! C'est ça ! j'ai gueulé. On abandonne ?! C'est lui qui gagne et nous on lui lèche le cul ! On se couche ! C'est ça ! Et Galatée reste sa pouffe !

Ils ont baissé les yeux sur leurs godasses.

– Raw, ça va, j'ai l'habitude, mais toi, Janine, toi, j'te jure tu me déçois ! Grave !

Elle a relevé la tête. Furieuse, tendue comme une lame, les poings serrés.

– Joue pas à ça avec moi ! elle a égrené d'une voix glaciale.

– Arrêtez tous les deux ! a fait Raw. C'est débile ! C'est pas en se mettant sur la gueule qu'on va aider Galatée !

Raw. La voix du grand sage.

Je me suis senti complètement largué, d'un coup, à côté de la plaque. Inutile. Et, oui, débile.

Je lui ai balancé un regard qui tue, parce qu'il avait raison, y avait pas à tortiller.

Perdu. Vaincu. Je savais plus quoi faire.

J'ai entendu frapper aux volets de mon antre. Pendant une seconde j'ai imaginé le pire. Les flics, le GIGN, gilets pare-balles, casques et fusils d'assaut. Le vrai polar. Totale parano. Je savais que s'ils devaient se pointer pour m'embarquer, ce serait à deux ou trois et en sonnant à la porte d'entrée, comme tout le monde. Polis et tout. J'avais une certaine expérience. D'un autre côté, à chaque fois que je rentrais à la casa, je jetais un œil à droite à gauche. Juste pour dire. Ça a recogné et j'ai entendu la voix étouffée de Raw, déconne pas, Arthur, ouvre-moi!

J'ai ouvert, étonné qu'il fasse grand jour et je l'ai aidé à escalader la fenêtre. Je ne l'avais pas vu de tout le week-end.

– Waouh! il a fait. On crève de chaud là-d'dans!

– Ouais, le chauffage déconne ou j'sais pas quoi!

Raw, c'était plutôt le gars assez joyeux d'habitude, mais là, il avait carrément l'air perché, sourire d'une oreille à l'autre et les yeux brillants comme des phares. Les gros, ceux qui sont en pleine mer. Je me suis demandé s'il ne s'était pas fumé un petit machino en solo avant de débarquer. Pas Raw. Impossible. Pas d'alcool, pas de fumette! Rien. C'était autre chose.

Nous nous sommes vautrés sur mon lit. À l'aise. Les Floyd en fond sonore. C'était *The Wall*. Le CD qu'écoutait mon père, paraît-il, quand il s'était crashé avec son camion rouge, une info que ma gentille maman m'avait confiée pas plus tard qu'hier. Sans raison particulière. J'avais l'impression que depuis qu'elle avait bien voulu, merci Maman, me montrer les photos de son époque théâtre, quelque chose s'était débloqué, comme une porte rouillée et grinçante qui a du mal à virer sur ses gonds. Et de l'autre côté de cette porte, je découvrais cette fille que je n'avais pas connue, se baladant en compagnie d'un type que je n'avais pas connu.

J'attendais que l'animal se décide. Je me doutais bien qu'il ne se pointait pas comme ça sans prévenir, sinon pour une sacrée bonne raison. Et puis franchement, cette bouille! Ce sourire en acier inoxydable!

– Hé! il a dit. Ça y est, je l'ai fait!

– Ah ouais! j'ai dit sans trop m'avancer.

– Avec Janine!

– Tu veux dire…

– Yo, man ! Comme tu me vois ! Tout à l'heure. Chez elle. Ses vieux sont jamais là ! Tu verrais la baraque !

– On s'en fout de la baraque ! je l'ai coupé.

J'étais séché. Le mec qui se rend compte qu'il est mais alors là, largué ! Lâché par le peloton dans la montée de l'Izoard.

Je l'ai regardé bien dans les yeux. Est-ce que ça se voyait ? Est-ce qu'il y avait un signe ? Rien du tout, à part cet air de planer au-delà de la stratosphère. Cet air à la con.

– Alors là ! j'ai fait. Raw, tu me troues le cul. Raw, je te hais !

Ça l'a fait marrer. Le rire de Raw, quelque chose d'explosif qui a fait trembler la fenêtre.

Pas la peine de se mentir, j'étais mort de jalousie. Et en même temps fier comme pas possible pour mon copain Raw. Le premier sur la ligne d'arrivée. On me l'aurait dit, je l'aurais pas cru. La vache, il cachait bien son jeu, le supertimide avec les gonzesses !

– C'est quoi, la musique ? il a fait, style le mec limite blasé qui en a vu d'autres.

– Un vieux truc ! j'ai dit. Mais vas-y ! Va ! Raw ! Raconte !

– Voilà ! Je l'ai fait et c'était hyper beau, hyper chaud aussi !

– Et ?! Raw ?!

– C'est tout ! Qu'est-ce que tu crois ! Le reste, c'est perso-perso !

– Tu vas parler, dis ! j'ai sifflé en le prenant par le colback, si ça s'appelle comme ça. Je vais te faire ravaler ta bonne hum…

On riait tellement qu'on s'est cassé la gueule du lit. On s'est écrasés par terre.

Ma sœur s'est pointée. Le Cloéoptère adorait mon copain Raw avec son rire fracassant.

Elle lui a sauté dessus sans même me regarder et il l'a jetée au plafond. Elle a hurlé de terreur. Raw, une quatrième petite sœur, ça ne lui faisait pas peur.

J'étais submergé par l'envahisseur.

J'ai monté le son. C'était le waï dans mon vaisseau supraluminique triangulaire. À présent, impossible d'en savoir plus. J'ai imaginé Raw le balèze, avec ses dreads et tout, écrasant la môme Ninja, la môme fil de fer. J'ai préféré pas imaginer, finalement.

Et puis ma mère a déboulé.

– C'est quoi ce chambard ! elle a fait. Oh ! Romuald ! elle a ajouté.

Quoi ? Elles allaient pas toutes lui tomber dans les bras, quand même ?!

Il s'est dépêtré de Cloé et ils se sont claqué la bise.

Bon, je me suis dit, y a plus qu'à se faire un chocolat chaud.

– Qui veut un bol de chocolat au lait ? a lancé ma mère.

3

Les jours devenaient plus longs. Le froid et la pluie nous lâchaient lentement les baskets. Il y avait une odeur spéciale dans l'air, vive et coupante, qui vous donnait comme une envie de voler, de planer haut, loin au-dessus de ce monde minuscule. La tribu des surfeurs s'agrandissait en même temps que se réchauffait l'océan. J'avais chevauché la vague pendant quelque temps. Parfois je me disais, tu devrais t'y remettre, mec, t'es mou, t'es tout blême, mais rien à faire, j'avais décroché, je ne me voyais pas renfiler ma combi. Je ne savais pas exactement pourquoi j'avais arrêté. J'en avais eu marre de cette clique.

À l'abri des dunes, on tombait la parka.

Depuis presque un mois il n'y avait pas eu de cours de théâtre, et donc je n'avais pas reparlé à Galatée, ni rien. Elle me refusait le plus petit sourire, le moindre regard un peu sympa, et ne parlons pas de discuter du temps qu'il fait ou de quoi que ce soit tant qu'elle était entourée des matons de Kevin, c'est-à-dire quasiment en permanence. J'avais l'impression que c'était plié entre nous. On était loin des « Ah là là ! Ton texte est vraiment trop bien ! J'aimerais le relire » et patin et couffin. Je le lui avais envoyé par texto, elle n'avait jamais répondu, ni oui, ni merde. J'avais tenté de l'appeler, elle décrochait jamais, ni pour moi, ni pour personne. Roméo et Juliette ? Mon œil ! Je savais qu'elle n'y était pour rien, mais je ne pouvais pas m'empêcher de lui en vouloir. Je trouvais qu'elle en faisait trop, ou pas assez, c'était pas clair ! Elle dédaignait la main que je lui tendais. Je l'avais mauvaise. C'était nul, assez minable comme sentiment, mais tant pis ! Je n'y pouvais rien.

Je l'avais suivie plusieurs fois à la sortie du bahut. Il y avait toujours quelqu'un de la bande avec elle, le plus souvent une ou deux filles, parfois un mec, qui l'accompagnaient quand elle allait en ville ou prenait le bus pour regagner son quartier. Rien de bizarre à première vue, de chouettes potes en vadrouille. Il fallait connaître la face cachée de l'histoire pour s'apercevoir que celle qui avait cette crinière de feu, celle qui les dominait tous de sa lumière, ne souriait jamais. C'était rarement Kevin en personne, qui préférait faire bosser ses sous-fifres, et qui y allait de son petit numéro de gangsta à la mords-moi dès qu'il me voyait. Le ricanement, le clin d'œil et tout le tremblement. Je ne répondais pas à ses provocations, je soutenais son regard sans broncher. Je ne voulais pas d'un petit accrochage dans un couloir du bahut ou sur les boulevards, avec bordées d'injures, menaces bien viriles et vagues bousculades pour conclure l'affaire. Je voulais lui tomber dessus à la sauvage, une nuit bien noire, ne pas lui laisser une chance de s'en tirer. Il savait que je savais. Ça l'excitait, ça devait lui faire des sensations.

Sérieusement, il était déficient mental ou alors ravagé par la came ? Pour lui c'était un jeu, un simple jeu. Fun et Winner. Par moments, à le regarder vivre, je finissais par oublier le mal qu'il avait fait à Galatée, à oublier comment il la tenait. Je voyais juste un sinistre rigolo sorti tout droit d'un clip à la con. Pour ce genre de type, il n'y avait que la frime, la sape, le cul, le fric et les grosses bagnoles bien clinquantes, avec des chromes partout, celles qui crament si bien. Par moments j'avais honte de respirer le même air que lui.

J'avais la haine. C'était de la lave brûlante qui coulait dans mes veines. J'étais au bord de l'explosion. Mon incapacité à sortir Galatée de cet enfer, à désamorcer le piège, ça me rendait dingue. Et quitte à exploser, je me disais, autant exploser dans leurs pattes en réduisant en poussière ce merdeux de Kevin Marinaud. Style, on liquide pour cause de fermeture définitive.

J'avais surtout l'impression que je ne pouvais compter sur aucune aide. Raw, pas question qu'il s'embarque dans une action de représailles musclées, avec probable cassage de gueule et destruction de matériels technologiques. Et puis soyons sérieux, avec ses dreads jusqu'au bas du dos, ses 1 mètre 80 et la couleur de sa peau, autant qu'il rejoigne direct la Prison sans passer par la case Départ. Un soutien moral ? Il demandait pas mieux. Mais si c'était pour voir rappliquer Gandhi et toute sa smala, merci bien.

Janine, elle, campait sur ses positions, manière guerre de tranchées. Ne rien tenter ! Attendre ! Surveiller l'ennemi. Se tenir prêt ! Sa grande angoisse c'était qu'au moindre geste de notre part il balance la vidéo sur le net. Elle inonderait la toile en quelques heures, Galatée ne tiendrait pas le choc, elle péterait un câble, définitivement, elle s'effondrerait.

Elle imaginait des trucs bien noirs, bien tragiques. Elle disait, Galatée je la connais depuis tellement longtemps, elle supportera pas. Et tu sais pourquoi, mec, toi qu'es si fortiche ? À cause de la honte, tu vas me répondre. T'imagines tes couilles en gros plan qui se répandent sur les réseaux ?! Ça fait réfléchir, non ? Qu'est-ce t'en dis, Arthur ? Mais y a pire ! Y a aussi l'injustice ! Subir encore une saloperie d'injustice ! T'es la victime et c'est encore toi qui morfles. Et pendant ce temps, le coupable, lui, il se marre ! Il t'a violée, a détruit ta vie, t'a coupée de tes amies et il se marre ! Peinard, rien à craindre ! Ça, Galatée, elle va pas le supporter !

– Mais elle morfle déjà ! Tu vois bien, c'est comme si elle était leur chose. Ça te dérange pas qu'elle soit obligée de supporter son violeur !

– Sûr que ça me dérange, qu'est-ce que tu crois ! Galatée, elle limite la casse ! Kevin, il la tient, mais il la touche plus ! La part du feu, ça s'appelle ! Alors tu ranges ta bite et ton couteau ! Le Kevin, pour le moment il la touche pas ! Alors pour le moment, il est intouchable !

– Je comprends pas ! C'est quoi, le but ? Qu'est-ce qu'il veut !

– J'en sais rien, elle veut rien me dire ! Galatée, elle garde tout pour elle. Galatée, c'est une dure, t'imagines même pas. Mais je sais que lui, le Kevin de mon cul, c'est le vrai malsain, le vrai pourri dans sa tête.

Elle s'est tue d'un coup, comme si même pour elle, ça devenait difficile, qu'elle manquait d'air. Pour changer, on était calés sur la dune. On entendait les piafs chanter dans la forêt et la rumeur de l'océan se fracassant en contrebas.

Et puis elle a repris, mais il fallait tendre l'oreille.

– Je crois qu'il fait monter les enchères ! elle a murmuré.

Je me suis décollé du sable d'un coup de rein et je lui ai fait face.

– Qu'est-ce que tu veux dire ? j'ai craché.

– Il est branché avec des types carrément relous, carrément dangereux, les vrais truands, genre que tu croises pas tous les matins en bas de chez toi. Genre des flingues, mon gars, gros comme des canons ! Ils le fournissent en dope. Lui, il leur fournit des filles…

C'était plus fort que moi, en entendant ces paroles j'ai hurlé comme un dément, en m'arrachant les cheveux et en shootant dans le sable qui volait partout. Même Raw, assis à côté d'elle, a fait une drôle de tête, ses yeux comme des billes allaient d'elle à moi et retour, comme si toute cette histoire, d'un coup, virait au cauchemar, et qu'il attendait que l'un de nous le ramène dans le monde des gens normaux. Les honnêtes, les gentils. Les bienveillants.

– Comment tu sais tout ça ! j'ai fait.

– Je te rappelle qu'avant, il sévissait dans mon bahut ! elle a fait en levant un doigt en l'air.

– T'as des preuves ? ! j'ai demandé.

– Mais t'es débile ou quoi ! ? Tu te crois dans une série à la con ! La seule preuve, elle est dans le phone de Kevin.

– C'est carrément criminel ! a fait Raw. Faut qu'elle porte plainte !

Janine a haussé les épaules, une grimace désespérée lui a fermé les yeux une seconde.

– Super ! elle a fait. T'en as d'autres des idées aussi géniales ? ! J'y crois pas, Raw ! T'es débile, ou t'écoutes pas, ou quoi ? !

– T'en prends pas à Raw ! j'ai fait.

Elle a bondi sur ses guibolles. Elle s'est plantée devant moi, à pas vingt centimètres. Cette fille, elle a peur de personne, j'ai pensé. La môme Ninja, ça fait une sacrée recrue.

– Ho ! Ho ! a gueulé Raw en étendant ses grands bras entre nous. Arrêtez la chamaille ! On est tous les trois du même côté ! Ou je me goure ?

Nous nous sommes fusillés du regard, la môme Ninja et moi, et puis nous avons baissé la tête en même temps, vaincus par notre propre stupidité. Notre connerie sans nom.

Raw nous a pris dans ses bras, nous a serrés fort contre lui. On sentait bien les heures de muscu quotidiennes dans cet élan d'affection qui nous broyait les côtes.

Marianne Fishberg est rentrée de tournée, pétant la forme, le sourire style banane et le crâne rasibus. Une idée du metteur en scène paraît-il, le genre de type qui se sent plus pisser tellement c'est lui le maître du monde et qui en plus déteste les femmes. Enfin j'ai pensé ça parce que, sur le coup, j'ai trouvé que c'était moche et ridicule. Et puis, merde, moi mon truc chez les filles c'est les cheveux jusqu'au ras des fesses si possible. Et bouclés. Et luxuriants. Elle nous a dit deux mots sur la pièce en question. Son titre, c'était *Marquer la bête*. Ça parlait de femmes tondues à la fin de la guerre. Alors, en me sentant un gros nul, j'ai retiré tout ce que j'avais pensé du, de la en fait, metteuse en scène. Et franchement, la nouvelle bouille de la prof, finalement, elle me faisait craquer.

Juste après, les ateliers ont repris, et comme l'indulgence et la patience n'étaient pas son point fort, la prof nous a secoués dans tous les sens, houspillés sans nous laisser le temps de respirer parce que nous étions devenus mollassons, tristes comme une saison de pluie et sans imagination. C'était Cheffe Marianne, alors personne n'a bronché et vas-y que nous avons transpiré comme des gorets pour retrouver cette saleté de tempo, cette saleté de vibration et d'intensité sans lesquels ce n'est *même pas la peine de monter sur scène*.

Ce samedi de reprise, Galatée ne s'est pas pointée. Janine a prétendu ne pas savoir pourquoi. Janine, quand il s'agissait de Galatée, je la croyais moyennement. Elle ne mentait pas, je crois, mais elle disait pas tout ce qu'elle savait. Une vieille technique. J'avais décidé de laisser glisser, d'éviter les engueulades qui ne menaient à rien sauf nous hérisser le poil.

Au bahut, c'était toujours le même silence de Galatée, le même regard fuyant, un peu comme si je lui répugnais, comme si j'étais une merde quelconque dans son champ de vision. Par moments, j'avais envie de lui tomber dessus, lui demander si elle ne me prenait pas pour un con, un pantin, un ectoplasme, lui hurler que j'étais le mec avec qui elle jouait Juliette, le mec qui écrivait des textes *franchement fameux qu'elle aimerait relire*. Le mec qui ne rêvait que d'une chose, lui venir en aide, la sortir de ce noir labyrinthe puant dans lequel elle tournait en rond comme une lionne en cage. Et plus que tout, démolir la gueule à ce connard de Kevin que je supportais plus.

Alors, Raw m'entourait de son long bras pour me soulever presque de terre et m'entraîner à l'autre bout de la cour.

– Merde, Raw ! J'y arrive plus ! j'ai bavé contre son épaule.

– Hé ! il a fait. T'énerve pas ! Prends sur toi, mec ! J'te jure, si vraiment ça tourne mal, si vraiment elle est en danger, Janine laissera pas faire ! J'te jure ! Je sais pas si elle te kiffe ou pas, je sais bien que c'est un peu chaud entre vous deux, mais elle a confiance en toi ! La vraie confiance ! Tu seras le premier averti.

Ça me rassurait. Ça faisait retomber la pression. Un jour ou deux.

Ce qui me mettait la tête à l'envers, c'est que j'avais l'impression que Galatée peu à peu s'éteignait. Je peux pas dire mieux. Même sa stupéfiante toison me semblait décolorée, terne, comme morte. Un paquet de vieux chiffons. La flamme qui m'avait incendié les yeux le premier jour sur la route de la plage ne semblait plus éclairer qu'un minuscule et triste halo à ses pieds. Comme une flaque d'eau grise où flottent quelques brindilles, quelques morceaux de plastique bouffés par le sel.

Sur le front de la *Destruction de bien privé par incendie volontaire*, tout était au point mort. Plus de nouvelles des flics et qui s'en plaindrait. Je ne pensais plus être dans leur collimateur. Ils n'avaient aucun indice, c'était pas la même bécane, pas la même silhouette et à l'heure de « l'incident », je dormais profondément dans mon lit (qui peut prétendre le contraire ? Ah ! personne ne moufte !) Moins impliqué que moi dans cette affaire, il y avait l'agneau qui vient de naître. Cependant, je restais sur mes gardes, je restais méfiant.

Et pour leurs soupçons débiles envers ma mère, je leur conseillais de ne pas trop l'asticoter. Elle s'était décidée à porter plainte contre son ex-patron, parce qu'elle n'était ni la première, ni la dernière.

Je suis rentré direct après le bahut. Le Cloporte faisait sa quinzième sieste de la journée et ma mère était dans le jardin. Je veux dire, à elle seule elle en occupait à peu près 90 % de la surface et pourtant elle n'était pas bien grosse.

J'ai pris une bouteille de jus d'orange au frigo et deux verres et je l'ai rejointe. Elle plantait des trucs, enfin des plantes. Le soleil basculait sur l'horizon.

– Hé, j'ai fait, tu veux du jus d'orange bien frais ?

Elle s'est retournée. Elle avait un sécateur à la main et des gants, et un foulard bleu noué dans les cheveux. Elle m'a souri.

– Oh mon fils, tu rentres bien tôt !

– Manquait un prof, j'ai fait.

C'était faux, les cours avaient fini à l'heure, mais d'habitude je traînais seul ou avec Raw et je rentrais toujours plus tard. Je ne tenais pas à ce qu'elle commence à compter les heures et à mémoriser mon emploi du temps. Holà ! *Je suis un homme libre, je n'suis pas un numéro !* Elle avait trouvé les épisodes sur un site et depuis, on se gavait de ce mec gueulant sur la plage, poursuivi par des sortes de blobs en baudruche à pleurer sa race tellement c'était bidon.

– Tu sais quoi, Arthur ? J'ai reçu un appel de Marianne Fishberg !

J'ai pas su quoi répondre. Je lui avais donné le numéro de ma mère après la séance sur la plage, mais depuis ça m'était sorti de la tête et je croyais que pour elle c'était pareil, avec la tournée et tout. Eh ben non ! Les autres sont pas tous comme moi, genre demain il fera jour et puis j'oublie. Certains ont de la mémoire et tiennent leurs engagements.

J'attendais la suite.

– On doit se rencontrer après-demain en fin de journée, dans un bar ! Tu pourras t'occuper de Cloé ? Une heure ou deux !

Avant ma sœur, qu'est-ce que je faisais de mes journées ? Sérieux ! C'était comment la liberté ?

– Elle m'a dit que tu lui avais parlé de la grande époque...

– Pardon, M'an ! C'est sorti comme ça, en discutant.

– Mais enfin ! Ce n'est ni un secret, ni une honte, Arthur ! Oh, elle s'est écriée, un grain s'annonce ! Viens m'aider à planter ce rosier !

Paf, dégoulinant en deux secondes. Et puis un grand soleil qui te fait fumer comme une saucisse sur le barbecue.

– Qu'est-ce que tu deviendrais sans moi ! j'ai fait en attrapant la pelle.

– Rien ! je vivoterais au jour le jour dans une maison tombant en ruine !

En arrivant au bahut, j'ai reçu un texto de Raw : # Mon père hospitalisé d'urgence cette nuit, je reste à la maison avec mes sœurs. Désolé de te lâcher, vieux ! #

J'ai dû rater l'arceau parce que ma bécane s'est cassée la gueule sur le bitume. Je me suis assis sur le muret, à cet endroit le grillage était défoncé, il y avait largement de quoi poser ses deux fesses. Je suis resté là, les bras ballants, la tête vide. Le père de Raw. Je ne le connaissais pas, je ne le connaissais que par Raw. Ce qu'il m'en avait dit, ce qu'il m'avait montré parfois de sa colère contre lui, qui lui cramait la cervelle certains jours et qu'il cachait si bien. Qu'il niait en bon non-violent et disciple de la paix qu'il était, mais visible comme une flamme bleue entre ses yeux. Sa colère et parfois sa haine contre la dureté de son père. Ce qui le tuait sur place, c'est qu'il n'y avait aucune logique dans ses ordres, ses punitions, ses hurlements pour un oui, pour un non. Raw, il prenait sur lui. Mais il y avait les frangines, les filles, Becca, Soussou et Lila. Et là, ça coinçait sévère, il lui fallait un Gandhi de dix tonnes et douze mètres de haut pour rester zen, quand son père partait en vrille et s'en prenait à ses amours de sœurs, à toute la famille. Mama M'Boko comprise. Madame M'Boko, un cœur d'or, rien à dire. Jamais il ne leur flanquait des coups, juste des ordres incompréhensibles, des offenses gratuites, des punitions injustes. Et la pression, toujours la pression, pour les études, pour le respect (Raw, manquer de respect à son père, ou à qui que ce soit d'ailleurs, impossible !), pour le bruit, pour rien. Le mec pas facile. Le mec rigide et ombrageux, comme Raw me l'avait décrit une fois. Mais voilà qu'il se retrouvait à l'hosto en urgence en pleine nuit. Pas drôle, pas drôle.

Je me suis demandé ce que je pourrais faire pour remonter le moral de mon copain Raw dans ce très merdique épisode de sa vie. J'ai relu son texto : # ... Désolé de te lâcher, vieux ! # Ce type, un jour ou l'autre, il arrivera à m'arracher des larmes.

J'ai entendu la sonnerie, genre alerte nucléaire qui vous fige sur place, genre c'est toujours assez bon pour la racaille. Sans rire, des années à supporter ce hurlement débile dix fois par jour. C'était quoi l'idée générale, nous habituer au moche et au pire ? Aux trucs pourris, les trucs sans charme, sans beauté, sans considération pour nos âmes fragiles ? Nous enfermer des années derrière des murs et des grilles parce qu'on ne savait pas quoi foutre de nous ? De notre force. Notre énergie. Notre joie. Notre hargne.

J'avais pas envie d'y aller, mais alors pas du tout, comme un dégoût, comme quand on a trop mangé de gâteau à la crème avec du chocolat et sifflé quelques bières. J'avais juste envie de rester vautré le cul sur ce muret, les yeux posés sur mon vélo agonisant. Maths, anglais, je sais plus quoi, c'était au-dessus de mes forces. C'était pas les profs le problème, certains même je les trouvais sympa, intéressants et tout. C'était pas ça, c'était juste que je n'y arrivais pas !

J'ai sauté sur mes jambes, grimpé sur ma bécane et j'ai foncé droit devant, comme si j'avais l'armée des ténèbres à mes trousses.

Je me suis retrouvé au pied de l'immeuble de la famille M'Boko. J'ai appelé Raw sur son portable.

– Hé, Arthur !
– Hé, Raw, ça va ou quoi ?
– Ça va, ça va !
– J'suis là, en bas !
– Oh ! Et les cours ?
– Ah, j'ai fait, pas aujourd'hui pour moi, gars !
– T'es con, mec… il a fait.
– Y a les mignonnes ?
– Hé ! mec ! Chouf ! Chouf ! Sur le balcon.

J'ai levé la tête. Le Raw et les trois frangines, Becca sur ses épaules, qui me faisaient « coucou ! » en agitant les bras comme des folles. Alors j'ai agité mes bras comme un barjot en leur claquant la bise malgré la distance. J'ai senti le lien, le fil entre nous. Il n'était pas réel, pas fait de matière, cependant il existait, je le sentais, il partait de mon front et montait jusqu'à elles. C'était assez perturbant.

– Je descends deux minutes, a lancé Raw du balcon.

On a checké. Il avait l'air légèrement à côté de ses pompes et les yeux gonflés et rouges. Tu m'étonnes. Nous nous sommes assis sur une marche du perron. Il n'avait pas trop de nouvelles, sa mère avait appelé pour lui demander de s'occuper des filles jusqu'à son retour, et d'après elle, le plus dur était passé et tout allait bien. Il voulait bien la croire, n'empêche, cette nuit…

Il a pas pu continuer. Je voyais vaguement ce qu'il voulait dire et franchement, j'avais l'impression que mon corps se solidifiait, comme un morceau de poulet dans le congélateur. On peut tourner autour, chercher un autre mot, faire croire qu'on n'a pas compris, rien à faire, c'est la trouille. Bien tranchante. Bien noire.

Après, nous sommes restés à bavarder Raw et moi sur notre marche, épaule contre épaule, à regarder passer deux trois humains et quelques chiens. Puis Raw est remonté s'occuper de ses sœurs.

J'aurais pas juré que j'avais été d'un grand secours, pourtant il m'a répété au moins trois fois que j'avais tort de feinter les cours, tel le meilleur élève du lycée qu'il était. Ça m'a un peu rassuré sur son état mental, toujours aussi rabat-joie, toujours aussi chiant quand il s'agissait de réussir nos études, notre parcours social. Merde alors !

Du coup, j'ai pris la direction de l'océan.

Il y avait un nouveau graff sur le blockhaus sud. Toujours la même signature : , ce qui ne nous avançait pas beaucoup : des Jako, Jack, Jacques, Coco, Jo, Jojo, perso j'en connaissais une tripotée. Et toujours le même fabuleux talent que s'il sait pas quoi en faire, s'il y a quelques miettes qui tombent de ses poches et qu'il a la flemme de ramasser, je suis preneur. Ce graffeur, à part sa signature, personne ne savait rien de lui. Un artiste, un virtuose de l'aérographe et de la couleur, totalement anonyme. Le type énervant.

Une fille plus grande que nature vêtue de quelques étoiles de mer facétieuses qui ne cachaient rien, ni de ses nénés qui se balançaient au gré des courants, ni de son mignon coquillage rose. Elle dansait au fond de l'océan tumultueux ou peut-être de l'espace intersidéral et ondulatoire. Une fille avec de longs cheveux qui flottaient autour d'elle, pareils à un banc de poissons d'or, ou une pluie de météores, selon le contexte. J'ai cru reconnaître Galatée, mais c'était seulement mon cœur qui gémissait.

J'étais pas bien, alors je faisais le malin, le petit futé comme disait Marianne Fishberg. Pourtant, malgré la jolie nageuse, cette fois ça ne fonctionnait pas, ça tournait à vide. Je mélangeais tout. Surtout, je me sentais seul et désolé. Pas seul, style : affalé sur le lit en ingurgitant des chips bien grasses, ou alors : Mayday ! Mayday, je suis perdu au milieu de mille hectares de pins, mon téléphone est naze et je commence à chocotter !

Non, une solitude bien plus pesante. Un sac à dos rempli de briques. De morceaux de briques arrachés à un mur explosé. Et aussi du plâtre. Et de la ferraille. Et, je m'en rendais compte en reluquant la môme sirène qui batifolait tout en couleurs volumes et courbes devant mes yeux, quelque chose en noir et blanc, en grisâtre plutôt.

Grave.

Je m'en suis roulé un.

L'océan était bleu métallisé parcouru de rubans d'écume éblouissante peints à la bombe.

Mon mobile a couiné. La vieille !

Qu'est-ce que j'allais pouvoir inventer encore comme enfumage ? Rien, j'avais pas le courage. J'ai décroché.

– Yo ! Maman ! j'ai fait, le temps de voir venir.

– Le lycée a appelé ! elle a fait.

– …

– Une pionne t'a vu arriver et repartir à la sonnerie ! Je peux savoir ce qui se passe ?! Et tu es où, là ?!

– Nulle part !

– Nulle part ! Arthur ! elle a soupiré. D'ici, je voyais ses narines se pincer et ses yeux comme des meurtrières dans le mur d'un château fort.

– J'arrive ! j'ai fait en soupirant et j'ai coupé la communication.

J'attendais Raw devant le bahut. Son père était toujours en soins intensifs, mais tatie Valentine avait débarqué pour s'occuper de Becca. Les trois autres enfants M'Boko, zou, à l'école vite fait. Pas question de prendre du retard dans les études !

Nous nous étions écharpés ma vieille et moi. Selon elle, je devais d'abord penser à moi, avant de penser aux autres.

– Raw, c'est pas les autres, j'ai répondu. Raw c'est mon ami.

– D'accord, d'accord, elle a concédé, mais ce n'est pas une raison pour sécher les cours.

– Son père est à l'hosto et je voulais juste lui faire un salut en passant. Et aux filles !

Elle a soupiré. Mettre les frangines dans la boucle, c'était une idée de génie, imparable. Elle l'a bien compris, parce qu'elle a fait une moue genre tu as gagné, avec la bouche en coin, cependant je te tiens à l'œil mon petit gars.

– Ce que je sais, elle a fait en pointant son majeur vers moi, c'est que parti comme tu es parti, tu ne vas pas passer en terminale ! Tu en as conscience, au moins ? Tu ne seras même plus dans la même classe que Romuald ! Tu pourrais peut-être ne même pas rester dans ton lycée !

C'était un argument assassin. Imparable lui aussi ! Parfois, j'aurais donné cher pour la détester.

J'ai vu débarquer un grand noir à vélo et quand mes neurones se sont reconnectés, c'était Raw. Pas croyable, la boule à zéro ! J'y crois pas ! J'hallucine !

– Hé ! il a fait en dérapant sur la roue arrière, s'arrêtant à un poil de mes pieds. Je devais avoir les yeux comme des assiettes et la mâchoire pendante.

J'ai attendu qu'il s'explique ! Un siècle. Il souriait comme un débile, comme si tout était normal. Le vrai merdeux.

– Bon ! j'ai fait. On se la joue rien à signaler ! T'as jamais eu des putains de dreads jusqu'aux fesses ! Ou tu m'expliques.

– OK ! OK ! il a fait en verrouillant son biclou au mien. Pour mon vieux, il a dit. Ça lui fait trop plaisir ! Il a jamais encaissé mes dreads et moi j'ai jamais voulu céder ! Mais là… ça m'a semblé…

Il a détourné la tête. Il a dégluti.

– Et puis, peut-être que je voulais changer de tête, il a ajouté.

Je l'ai examiné sous toutes les coutures, pendant que cette saloperie de sonnerie se mettait à brailler. Il avait quoi… trois millimètres sur le caillou.

– Yo ! j'ai fait, ça te va super bien, mon frère ! Et Janine, elle kiffe ?

– Tu rigoles, mec. C'est elle qui maniait la tondeuse. Elle en a bavé, si tu veux savoir. Mais voilà le résultat !

Il a tourné sur lui-même, fier de son effet. Il me faisait marrer.

– Tu sais quoi, Raw ? Que le cul me pèle si je me fais pas la même !

J'avais laissé pousser depuis des mois, pas par goût, plutôt par négligence, et à présent ils me tombaient dans le cou. Ça ne ressemblait à rien, le vrai blaireau, si je voulais être franc avec moi-même.

La preuve flagrante, la mama me trouvait trop mignon !

– T'es vraiment décidé ?

– À fond, gros !

Les deux battants de la grille en fer étaient fermés. Des barreaux épais comme mes bras. Dans la pierre du pilier de droite était gravé *L'Annabelle* avec plein de gouzi-gouzi autour pour faire joli. C'était le nom de la propriété et le prénom de la propriétaire. Raw a ouvert un portillon découpé dans le maous portail, genre le type qui a ses habitudes. Je l'ai suivi.

Alors, à travers les chênes obligatoirement centenaires, m'a explosé dans la tronche une bâtisse immense plantée au milieu de je sais pas combien d'hectares sur la rive est du lac. Toute blanche, percée de douzaines de fenêtres et baies vitrées sur trois étages et une tour plantée à chaque angle si des fois on avait pas compris que là, il y avait du pèze. Du lourd. Les trouducs de la bande à Kevin, ils pouvaient aller se rhabiller, en comparaison leurs villas-piscines ressemblaient à des cages à lapins.

La pelouse, aussi verte et luisante qu'une feuille de métal verni, s'étendait jusqu'au bord de l'eau clapotante et bleu lagon, sinon, c'est pas la peine. Il y avait l'inévitable ponton où était amarré l'inévitable voilier en bois. Hé, mec, fais pas ton nullos, pas en bois, en teck. Les voiles, le rouf, les banquettes, le moindre winch, tout bien protégé par des housses bleues. Le bidule qui devait voir la mer moins souvent qu'il me tombe une dent.

Dans l'ensemble, rien ne dépassait, tout était brillant, nickel, splendide et vide.

À pas dix minutes à pied du centre-ville on avait l'impression d'avoir carrément été téléporté dans un autre pays. Une autre planète, celle où des dollars poussent sur les arbres. Celle où on se fait chier comme un rat déjà mort, mais dans l'opulence et la très grande classe.

Janine nous attendait sous le porche. Tout en noir et piercings, les cheveux en pétard et le front buté, sinon ce ne serait pas Janine, la môme Ninja. Elle aurait pu paraître genre intruse, pas à sa place dans ce luxe dégueulant de fric. Et plus que le fric, la puissance des Êtres Supérieurs, ceux qui respirent un air plus pur, au sommet de la pyramide. Son père était quelque chose comme ambassadeur et sa mère possédait une galerie d'art à Paris et une autre à Genève. Mais pas du tout, c'était la môme Ninja et en même temps Janine Ganivert, la fifille à papa-maman blindés de thunes. Une impression bizarre, comme deux photos superposées au millimètre, qui se mélangent mais qui pourtant restent identifiables.

En voyant Raw, elle a souri, une seconde j'ai cru voir de la tendresse dans son sourire en acier inox, mais je n'en jurerais pas, j'étais légèrement à côté de mes pompes, un peu sonné par tout ce grandiose.

Elle nous a conduits à travers le palais sur des kilomètres de couloirs, de salons, de bibliothèques dont les plafonds devaient culminer à une dizaine de mètres. Et partout, tu m'étonnes, des tableaux et des statues en veux-tu en voilà.

Sa piaule était au dernier étage, peinarde. Elle était seule, c'est-à-dire qu'il n'y avait que la gouvernante, la cuisinière et le jardinier/chauffeur/homme à tout faire qui taffaient quelque part dans la maison et lui fichaient une paix royale.

Incroyable, sa chambre était plus grande que toute ma foutue baraque, jardin compris ! C'était vexant ! J'ai jeté un œil à son lit, taille XXL. Le vrai bordello. Drap et couette n'importe comment, un cendrier plein, une canette écrasée, des fringues en vrac dont un mignon slip transparent, shorty ça s'appelle, que si tu chopes pas la trique en le matant, il faut te gaver de vitamines, mec. Dire que c'était dans ce lit qu'elle s'envoyait en l'air avec Raw ! Vrai, ça me laissait rêveur ! Je me suis approché, sans avoir l'air, attiré par un carnet à dessin et un tas de feutres multicolores.

– Wow ! j'ai fait, tu dessines ? Génial !

Elle a rabattu la couette d'un coup sec sur le carnet avant que je puisse en voir plus (Raw et elle en plein vas-y vas-y si j'ai pas la berlue), tout en me lançant un regard Ninja et j'ai capté le message.

– Tu sais quoi, elle a fait, jusque-là j'ai jamais voulu te le dire Arthur, mais avec ta coupe à la con, t'as vraiment l'air d'un blaireau mon pote !

– Ah ! tu prêches un convaincu, j'ai dit.

Pour une fois, nous étions d'accord elle et moi.

– On y va ? elle a fait.

J'ai pas moufté, pourtant je n'avais pas compris ce qu'elle entendait par là, je croyais que nous étions arrivés à destination. Elle a ouvert une porte cachée par un paravent. Pardon ! Sa salle de bains privée. Éblouissante. Sur tout un mur, il y avait une mosaïque représentant des dauphins batifolant au milieu des vagues. Sa baignoire, comme un petit lac personnel. J'arrête là, ça devient lassant et un peu écœurant à la longue.

Elle m'a indiqué un tabouret devant la glace du lavabo. Je me suis assis. J'ai sorti un oinje de ma poche et je l'ai agité devant elle. Elle a fait oui de la tête. Je l'ai allumé.

Elle a branché la tondeuse.

On s'est passé le tarpé.

Au moment de prendre la tangente, Raw a décidé de rester un peu. Tu parles ! Il m'a raccompagné jusqu'au portail. Ça grattait, dans le cou et sur le ventre. Par contre, j'avais l'impression que mon crâne était rafraîchi par une brise de mer et que mon cerveau fonctionnait mieux. Raw, Cheffe Marianne et moi, une fameuse bande de rasibus.

– Mon salaud ! j'ai dit. Toi, on peut dire que tu baises dans la soie !

Il a souri d'un air modeste comme le faux derche qu'il était.

En le quittant, je lui ai mis un bon coup de poing dans le gras de l'épaule. Que dans trois secondes chrono, quand il sautera la môme Ninja, il pense à moi.

Solitaire et abandonné.

Ça me soûle la manière qu'ont les adultes de nous piquer nos meilleurs plans.

Je gardais Cloé pendant que ma vieille buvait des coups en jacassant avec Cheffe Marianne dans un bar de la jetée. Par moments, j'entendais mes oreilles siffler, comme on dit. Elles avaient bien choisi leur jour, il faisait un soleil à tout casser. Pour passer le temps, je tchatchais avec Raw qui se fadait la même purge que moi, à part que lui, il trouvait ça marrant. Il trouvait ça instructif. Ah ! Bon. Son père était toujours à l'hosto. Il était sorti des soins intensifs, ce qui semblait bon signe.

Raw me donnait des conseils, genre animateur socio-cu : # Fais-lui chercher des trucs dans la maison. Tu vas voir, elle va adorer ! # Je répondais : # Yo man, t'as des idées de génie ! #

Et je laissais courir. Je me prenais pas le chou, surtout pas, pendant que la mère de cette enfant de même pas trois ans se payait du bon temps avec sa nouvelle copine, *ma* professeure de théâtre. Je laissais le Cloporte foutre le waï un peu partout dans la boutique.

Pas de panique, j'avais fermé à clé la porte de ma chambre.

De temps en temps j'allais jeter un œil sur la bestiole, quand c'était trop silencieux, ou trop bruyant. Pour l'instant, elle s'était attaquée à la chambre de la mère. Tout ce qui était à sa hauteur était à présent sur le sol. Une demi-douzaine de paires de chaussures, le contenu d'une boîte à bijoux fantaisie, des photos, des bouquins, des babioles, tout un bazar, mais étonnamment bien arrangé devant elle, façon éventail.

– Vas-y ma Cloclo ! j'ai fait, te gêne pas, c'est moi qui vais me faire défoncer par la mama de toute façon. Elle m'a souri en bavant un peu avant de reprendre son activité, et je suis retourné au salon. J'avais ouvert la porte-fenêtre et mis un peu de musique, un bon vieux Bob Marley, peut-être inspiré par la disparition des dreads de Raw, va savoir ? J'écoutais rarement du reggae, j'avais tort. J'avais la sensation de planer sur un tapis volant, un tapis volant qui participerait à un concours de voltiges aériennes, loopings, vrilles, chandelles, chutes libres, et même la traînée de fumée blanche dans le ciel bleu pour faire joli. Probablement de la bonne ganja.

J'étais vaguement penché sur mes devoirs. Un exercice d'algèbre. En gros, je luttais pour ne pas piquer du nez sur mon classeur, parce que franchement, les maths, au sens large, autant avaler directement toute la boîte, qu'on en finisse. La frangine dormait sur le canapé en émettant de drôles de petits soupirs après s'être goinfré un biberon. Biberon concocté par Bibi en personne. Une vraie nounou, je devenais.

J'ai entendu la voiture se garer dans l'allée, juste au moment où une fonction affine allait me rattraper dans la côte et me planter son dard entre les omoplates et j'ai ouvert les yeux. Le Cloporte dormait toujours. Déménager c'est fatigant.

Je me suis levé, je me suis frotté le visage à deux mains, manière de reprendre le contrôle.

– Salut ! j'ai fait quand ma mère est entrée dans la pièce.

Elle m'a répondu par un grand sourire. Un sourire épanoui. Elle m'avait l'air un peu allumée.

– Ça va, Arthur ! Ça s'est bien passé avec ta sœur ?

– Elle a mis un peu le boxon. J'ai pas tout rangé…

Elle a secoué la tête pour dire que c'était pas grave.

– Oh ! elle a fait, il y a une pizza toute chaude sur la banquette arrière !

J'ai pas réussi à lui tirer grand-chose de sa rencontre avec Marianne Fishberg, sinon que c'était une femme super et qu'elles s'étaient super bien entendues. Elle revenait toujours à ce qu'elle lui avait dit sur moi, que j'étais un bon élément, que je m'investissais beaucoup, qu'elle espérait vraiment que je me réinscrirais la prochaine saison, blablabla. Ce qui m'intéressait, c'était ce qu'elles s'étaient dites l'une sur l'autre. Une révélation sur la vie intime de Cheffe Marianne, un truc limite, une vieille histoire de cul, un sale coup donné ou pris plein la gueule, voilà ce que j'aurais voulu apprendre, que je puisse la regarder avec un sourire en coin bien tordu, quand elle devenait trop chiante. Ou à la rigueur quelques ragots professionnels, genre qui a piqué le rôle à qui et qui était tellement bourré qu'il a fallu annuler la représentation. Mais que dalle. Ma mère, même un peu paf d'accord, même gaie et volubile, un vrai mur.

Le samedi suivant non plus, Galatée n'est pas venue à l'atelier.

Je l'avais mauvaise. J'ai mis le masque et j'ai fait comme si. À un moment, alors que la prof nous branchait sur la nécessité de rester concentrés sur nos rôles, même hors du plateau, Leïla m'a chuchoté à l'oreille : « T'as vu, Galatée n'est pas venue ! Ça fait deux fois, tu trouves pas ça chelou ? ! » J'l'ai poussée d'un coup de coude, parce qu'elle avait trop raison, c'était carrément flippant, surtout quand on connaissait le fond du problème. Surtout quand on repensait à la sale gueule qu'elle se trimballait ces derniers temps.

– Et alors, j'ai fait, t'es pas sa mère !

– T'es vraiment con ! elle a fait.

– Leïla et Arthur, si ce que je dis ne vous intéresse pas, vous pouvez dégager ! nous a balancé Cheffe Marianne.

– Pardon, Marianne ! on a fait d'une seule voix.

Après, elle nous a distribué des épées, enfin, c'était pas des épées mais des fleurets, bien que je voyais pas trop la différence, enfin de faux fleurets en plastique mais vachement bien imités, fins et souples, de la couleur de l'acier. Mortel. Il y avait des scènes de combat dans *Roméo et Juliette* et Marianne Fishberg était une prof « physique ».

Pendant un bon quart d'heure elle nous a branchés sur la sécurité, ce qu'il fallait faire, ce qu'il fallait pas faire. Jamais viser le visage ! Répété trois fois, pour si des fois il y avait un petit malin dans l'auditoire. Elle a demandé si parmi nous certains avaient déjà pratiqué l'escrime. Janine a fait : « Moi, M'dame, mais y a longtemps ! » Ce qui ne m'a pas tellement étonné, j'imaginais que ses ultra-bourges de parents avaient dû lui pourrir la vie avec tout un tas d'activités bien reloues. Équitation, voilier, danse classique, chorale, arts plastiques, et tout le bouzin.

Elles nous ont fait une démonstration des passes principales, feintes et contre-feintes, attaques, parades et je sais plus quoi. Un régal pour les yeux et à se sentir des fourmis dans les pattes.

Et puis Marianne nous a dit : « Maintenant, vous oubliez ce que vous venez de voir. Ce que je vous demande, ce n'est pas de vous battre en duel, mais de vous battre en dansant ! Je veux que ce soit rythmé, aérien, baroque ! Allez-y, surprenez-moi ! »

Alors pendant presque deux heures, changeant de partenaire/adversaire quand la prof frappait dans ses mains, nous nous sommes *battus en dansant*. Au début c'était vraiment n'importe nawak, nous étions raides comme des piquets, incapables de bouger nos corps. Moches et coincés du cul. Et puis c'est venu. La danse, le rythme, la souplesse des reins, les grands mouvements des bras. Baroque à mort, je dirais.

On a bien rigolé.

Sauf que j'ai imaginé Galatée virevoltant dans tous les sens le fleuret à la main, ses cheveux ondulant autour d'elle, comme des grandes herbes dorées, comme des algues se balançant dans le ressac, Galatée me touchant d'estoc en plein cœur. Et ça m'a cassé le moral.

Pas la peine de se la jouer façon les trois singes. J'étais a.m.o.u.r.e.u.x, j'étais dans de sales draps.

À peine dans la rue, j'ai entrepris Janine. Elle savait rien, et en plus, je commençais à lui courir sur…

– J'y crois pas, Janine, mais c'est ta pote ! On dirait que t'en as rien à foutre ! Tu me tues, là !

Elle a levé les yeux au ciel, en grimaçant. J'avais touché juste.

– Tu sais quoi, Arthur ?! Tu me gonfles sérieux… je passerai la voir !

Dimanche, à pas d'heure, alors que j'y croyais plus et que j'avais déjà sombré, j'ai enfin reçu un texto de Janine :

Rien de spécial ! Juste qu'elle est naze.

Moi : # C'est ça ! Elle a ses ragnagnas ou quoi ! Tu m'prends pour un débile ? #

Janine : # Non ! Pour un connard de macho. #

Moi : # Va chié ! #

Janine : # Apprends à écrire, Ducon ! 🖕 Profond. #

Ça va pas le faire, je sens que ça va pas le faire !

Elle était devant l'entrée du bahut, toujours entourée de la bande de tarés. Kevin en prime. Je les détestais, tous. Leur morgue, leur cynisme, leur façon de nous regarder comme des sous-hommes.

Elle baissait la tête, je ne voyais pas son visage caché sous ses cheveux, comme s'ils lui servaient de protection. Une sorte de masque d'or.

J'ai pensé à la môme Ninja. Si ça tournait au carnage, si Galatée trinquait à cause de moi, elle ne me raterait pas. J'ai imaginé ses dents cerclées d'acier se planter dans mon bras et ne plus me lâcher. J'ai hésité une nanoseconde et puis j'ai foncé, à l'assaut!

J'ai traversé les chicanes, les douves, le mur d'enceinte et la première ligne de fantassins. Sans encombre. Je me suis planté devant elle. Devant Galatée, la lumière de ma vie. Elle a levé le regard. Genre triste à mourir avant de montrer sa surprise et tout de suite après la panique. Personne n'a réagi. Ils n'arrivaient pas à y croire, je pense.

– Tu viens plus aux ateliers? j'ai demandé comme un qui veut une réponse claire, assez fort pour que tous entendent et comprennent que c'était fini de s'éviter, de faire comme si nous ne nous connaissions pas. Comme si nous n'avions jamais joué ensemble *L'Excellente et Lamentable Tragédie de Roméo et Juliette*.

Ses yeux ont viré vers Kevin, avant de revenir sur moi, elle m'a fixé comme si ma dernière heure venait de sonner, ou la sienne. Elle a secoué la tête, pour dire Non, ou Ne me fais pas ça, ou Va-t'en, je t'en prie, va-t'en! La houle de ses cheveux a balayé ses épaules. J'ai senti leur odeur. Une odeur de pomme et une odeur de fille, chaude et piquante.

– Hé! a fait Kevin en m'attrapant par le bras. Méchamment. Qu'est-ce tu me fais là, le nabot!

On s'est bien maté la face, tous les deux. Lui, vénère comme pas possible. Moi avec un léger sourire, calme et sympa. Genre insouciant.

– Je parle à Galatée, j'ai fait, pourquoi, y a un problème?

– Tu te casses! il a fait.

– Pardon? j'ai fait en tendant l'oreille.

– Tu te barres et vite!

– Je comprends pas? j'ai fait, genre innocent. T'es qui, Ducon, pour me donner des ordres?!

Je me suis dégagé.

Tous les branleurs ont reculé d'un pas. Autour de nous, dans le flot des gentils lycéens qui passaient le portail, il y a eu un ralentissement, des têtes qui se tournaient, vivement intéressées soudain par notre petite réunion amicale.

Ça montait, sûr, ça montait. Un frémissement acide. Électrique. Du coin de l'œil j'observais Galatée, effondrée d'angoisse. J'ai eu honte, j'ai eu peur, j'ai failli abandonner.

Kevin a ricané, style je vais me le faire les doigts dans le nez ce minable.

J'ai serré les poings.

– Je viendrai!... À l'atelier!... Je viendrai! s'est écriée Galatée, comme si elle avait du mal à reprendre son souffle.

J'ai vu la gueule de Kevin changer en deux secondes quand il a tourné les yeux vers elle. Il ne ricanait plus. Il avait la rage. Et aussi, une espèce de sale terreur par-dessus que je ne pigeais pas. Et puis j'ai senti qu'il allait la cogner. J'ai vu son bras se tendre en arrière.

Vas-y pour voir, je me suis dit, juste pour voir ! J'étais à bloc, une énergie noire qui parcourait mes nerfs.

Une pionne s'est amenée l'air de rien, attirée par l'attroupement qui faisait embouteillage, genre le périph aux heures de pointe.

Kevin m'a frimé encore trois secondes et son bras est retombé. Il m'a lancé un dernier regard par en dessous, mais j'en avais rien à foutre.

– On se tire ! il a fait à ses esclaves.

J'ai regardé Galatée. Elle a soutenu mon regard. Merci. Ou Tu m'as condamnée à mort. Ou Ne m'abandonne pas. Ou Je ne veux plus jamais te revoir. Des larmes ont noyé ses yeux. Je ne comprenais pas. J'avais pas les codes. Elle a baissé le regard, pour changer, et elle a rattrapé Kevin qui l'attendait l'air mauvais, genre j'en fais des tonnes, genre acteur de seconde zone. Il s'est penché à son oreille et lui a dit quelques mots. Elle a fait oui de la tête, les épaules voûtées comme si elle acceptait son verdict, comme si c'était elle la coupable. Je haïssais ce type, je le haïssais de toutes mes tripes.

Je me suis retrouvé tout seul comme un con sur le parvis. Même la pionne s'était désintéressée de notre petit manège maintenant que tout semblait rentré dans l'ordre. J'ai remonté mon sac sur mes épaules et je me suis dirigé vers l'entrée du bahut. J'ai failli me prendre le montant du portail en pleine figure parce que je ne voyais rien autour de moi, j'étais comme enfermé dans ma tête. Anesthésié.

Je ne comprenais pas bien ce qui s'était passé. La gueule de Kevin quand Galatée m'avait répondu qu'elle reviendrait à l'atelier. Comme si tout d'un coup il se chiait dessus tellement il avait la trouille. Ça avait duré, quoi, un milliardième de seconde à tout casser ? Mais impossible de se tromper. Kevin le Grand Boss, Kevin la Terreur, Kevin le Flambeur avait paniqué grave, la vraie pétoche de gamin qui va se faire choper et se manger la trempe de sa vie. Mais peur de quoi ? Que Galatée lui échappe ? Ça tenait pas debout. Il avait toujours barre sur elle à cause de la sextape. Il la tenait mieux qu'avec une saleté de chaîne en acier. Alors quoi ? Qu'elle le dénonce ? À qui ? Elle avait bien trop la honte pour pouvoir parler de ce que ces salauds lui avaient fait, et qu'au final les flics, ou le juge, ou ses parents ou je sais pas quel clampin matent la vidéo comme preuve à conviction. Impossible. Insupportable pour elle.

J'étais certain d'une chose, c'est que je venais d'envoyer un fameux coup de pied dans la fourmilière. Et de briser ma promesse à Janine de ne pas me mêler de cette histoire sans son accord. De mettre Galatée en danger.

En gros, je venais de foutre la merde et je ne pouvais plus revenir en arrière.

Autant dire que les cours m'ont paru encore plus imbitables, mortels et parfaitement incompréhensibles que d'habitude. J'avais l'impression de planer dans une espèce de brume grisâtre et cotonneuse qui me rentrait par les oreilles et noyait mon cerveau. Et en même temps, plus la journée avançait, plus je sentais monter la pression et moins je tenais en place. J'étais à la fois à moitié mort d'ennui et énervé pire que si j'avais mis les doigts dans la prise, ou avalé trop de ces pourritures d'amphètes que fourguait Kevin. Je venais de lui trouver un surnom à sa taille, 0° Kevin. Ça m'a fait marrer trois secondes, un peu jaune.

En début d'aprèm, j'ai senti que j'allais pas tenir. L'angoisse est montée d'un coup, l'impression de ne plus pouvoir respirer, comme une envie de dégobiller. Un sale pressentiment. Et si Kevin se décidait à diffuser la vidéo ? Pour la punir, ou parce qu'il ne pouvait pas risquer qu'elle finisse par parler, ou tout simplement parce que c'était un gros connard et que ça l'amusait terrible, tellement poilant qu'il pouvait plus s'en empêcher ?

J'ai giclé du bahut à l'interclasse de 15 heures, sans demander mon reste. J'ai glandé sur le parking des bus. De là, vue imprenable sur la sortie du lycée et impossible de se faire repérer parce qu'il y avait toujours un trafic pas possible dans les parages. Il suffisait de faire celui qui attend son bus, la capuche sur la tête et l'air complètement accro à son portable, comme tout djeun's qui se respecte.

Justement, il a sonné. C'était la môme Ninja. Première fois qu'elle m'appelait. Pas besoin de se demander pourquoi !

J'ai hésité. Je ne pouvais pas me dérober, après tout c'est moi qui avais enclenché tout le bidule.

– Yo ! Janine, j'ai fait.

– T'as foutu la merde ! La merde totale ! elle a balancé direct.

– Bonjour, Janine ! j'ai tenté, mais va te faire…

– Je t'emmerde Arthur ! T'es où, d'abord !

– Devant le bahut !

– Je sais pas ce que tu as fabriqué, mais l'autre connard a menacé Galatée de poster la vidéo si elle retournait au théâtre ! Elle est en larmes ! Elle va craquer, je l'ai senti à sa voix…

– Écoute, môme, Kevin vient de sortir, je raccroche…

– Déconne pas, merde ! Ne bouge pas ! J'arrive !

Mes fesses, oui ! J'ai coupé la com.

Je l'ai suivi à bonne distance tandis qu'il prenait par le centre. Il était à pied, la bagnole de blaireau c'était seulement le week-end pour pécho la meuf, d'ailleurs, aux dernières nouvelles, il n'avait pas son permis.

Mon téléphone a bipé. Cette fois, un texto de Raw :
Keski s'pass ? Galatée trouvée évanouie dans les toilettes !

Le seul mec à ma connaissance qui utilise encore le mot toilettes, soit dit en passant. J'ai pas répondu, ou alors pour dire quoi ? Qu'on allait droit à la castagne ? Même Raw le pacifique devait s'en douter. Surtout, je voulais pas perdre Kevin de vue. Surtout après ce message qui me glaçait le sang. Comme l'avait prédit Janine, Galatée avait fini par craquer. J'avais l'impression très nette que tout s'accélérait et j'avais pas intérêt à être à la ramasse sur ce coup !

Et maintenant re la môme Ninja.

– Allô ! j'ai fait, rageur.

– T'es où ? ! elle a demandé.

– Au cul de Kevin ! On va vers les plages, on dirait.

– J'arrive ! elle a fait.

J'ai failli l'envoyer bouler, et puis je me suis dit que ce n'était pas le moment de faire son fier, genre je règle mes comptes moi-même, je me suis dit que c'était le moment d'accepter les renforts.

C'était la môme Ninja, c'était l'amie de Galatée.

Il a pris par le front de mer. Le lundi, les trois quarts des bars étaient fermés. Il s'est posté contre le muret, dos à l'océan. J'étais planqué à l'angle du passage couvert. Mon cœur tournait à 100 000 tours minute. Je ne voyais pas trop ce que Kevin venait bricoler sur la jetée. C'était pas le gars à contempler la mer bleue toujours recommencée. Il a sorti son portable et je me suis rappelé qu'une vieille rumeur affirmait qu'il y avait, juste à cet endroit, une connexion d'enfer, la meilleure de toute la ville, de toute la contrée.

Il allait balancer la vidéo !

Alors j'ai pas réfléchi, j'ai couru, j'ai déboulé dans la lumière, il a levé les yeux de son écran, il m'a regardé comme si je débarquais de la planète Mars et puis son cerveau a percuté, mais trop tard, je lui ai arraché son portable des mains et je l'ai jeté de toutes mes forces dans la mer. Un instant, j'ai eu l'impression de me dissoudre dans la clarté aveuglante du soleil, j'ai vu le portable disparaître sous l'eau et j'ai basculé par-dessus le parapet.

Je me suis écrasé sur l'enrochement de l'héliport, trois mètres plus bas. J'ai entendu crac, je crois. J'ai levé la tête. Je pouvais plus bouger mes jambes. J'avais pas encore mal, j'étais juste terrifié. J'entendais les vagues exploser sur les rochers, m'asperger, me tremper. J'ai senti des lames de douleur remonter le long de ma jambe. Du feu et de la glace.

– Putain, mec, je vais te crever ! a hurlé Kevin.

Il a sauté sur l'héliport. Il s'est avancé vers moi, le regard fou, et puis une ombre a bondi dans son dos et alors je me suis évanoui.

J'étais toujours vautré sur les rochers. La douleur remontait le long de ma jambe, le long de ma colonne vertébrale, jusque dans ma gorge, comme des milliers de fourmis qui me boufferaient tout cru. J'avais envie de gerber, j'avais envie de vomir la douleur, mais c'était impossible, elle était plantée dans mon ventre, mes poumons, mon cerveau. Janine était penchée sur moi. Son front ensanglanté. Je brûlais, et en même temps j'étais trempé et glacé. Le ressac s'était rapproché, en plus de tout le reste manquerait plus que je sois emporté par le courant. Merde ! J'apercevais du coin de l'œil Raw debout sur l'héliport, son phone collé à l'oreille.

– J'ai foutu son portable à la mer ! T'entends, Janine ! Il peut plus rien lui faire ! Dis-lui ! Dis-le à Galatée ! Elle est libre !

– Calme-toi Arthur ! Raw appelle les pompiers ! On va te sortir de là !

Je m'énervais ! J'avais envie de hurler ! Je me suis mis à bramer comme un minable, et puis j'avais trop mal.

– Il est passé où, l'autre connard ! j'ai baragouiné à travers mes larmes.

– Il s'est tiré, la queue entre les jambes, tu peux me croire ! J'avais la haine et une barre de fer ! Il a voulu se battre, il a sorti une lame ce débile, je crois bien que je lui ai pété la main !

– Les voilà ! a gueulé Raw. J'entends la sirène !

– Déconne pas ! Môme ! Appelle Galatée !

– Je l'appelle, j'te promets ! elle a fait en essuyant le sang qui coulait de son front avec sa manche. Elle s'en est foutu partout ! Mortel ! La môme Ninja, la vraie, l'unique, la trop ! Celle avec une âme d'acier !

Je crevais de douleur, et en même temps j'ai serré les dents pour pas éclater de rire parce qu'elle était la plus forte ! Elle s'était jetée sur Kevin, elle lui en avait mis plein la gueule, elle m'avait sauvé la vie !

J'ai ouvert les yeux. Ma mère me fixait comme si j'étais la huitième merveille du monde ou peut-être même la première.

– Salut ! j'ai fait, en attendant de voir où nous en étions. Je sentais rien ! J'avais l'impression d'en avoir fumé un gros paquet. Et de la vraiment bonne. La pièce était blanche, le soleil tapait en plein sur les murs et c'était le pur bonheur. Ma jambe droite flottait en l'air, suspendue à des câbles accrochés à une espèce de grue miniature. Houlala ! Mon bras gauche était plâtré, coude compris, et pesait au moins trois tonnes. Génial ! Quoi d'autre ?

– Oh ! Arthur ! a gémi ma mère en me prenant la main qui me restait ! J'ai eu si peur ! On a retrouvé un cran d'arrêt sur les lieux ! Tu aurais pu être tué !

– Maman ! j'ai répondu, c'était obligé ! J'pouvais pas faire autrement !

Elle a tourné son regard vers la fenêtre, vers la lumière, sans lâcher ma main. Elle pleurait sans bruit.

– Maaan ! j'ai supplié.

– Pardon ! Pardon ! elle a fait. Mais je n'aurais pas supporté que tu…

Et puis elle a respiré un bon coup en fermant les yeux, genre je prends sur moi, je suis une femme vaillante. Je n'avais pas pensé à elle, pas une seconde, ni à ma sœur, ni à personne. Pas une seconde. Un beau salaud.

Après, elle a souri, un sourire genre éclatant, comme si elle venait de retrouver son chemin après des heures à galérer, perdue dans la Sombre Forêt des Ombres.

J'ai pensé à mon vieux, enfin, je me suis demandé ce qu'il aurait pensé de moi.

– Je sais ce que tu as fait, Arthur ! Romuald m'a raconté. Je ne crois pas qu'il m'ait tout dit, mais je pense avoir compris le principal.

– Il la tenait ce pourri ! Il voulait la vendre ! Tu comprends ! Comme une esclave ! Galatée, elle pouvait pas s'en sortir toute seule !

– Je comprends, Arthur ! Mais j'ai déjà eu un héros dans la famille, je crois que ça me suffit !

– Le vrai héros, Maman, c'est la môme Ninj... C'est Janine ! C'est elle qui m'a sauvé la vie !

Je regardais le rectangle de lumière se déplacer en se déformant à une allure d'escargot sur le mur. J'en avais déjà marre d'être bloqué sur ce lit, j'en avais pour six semaines avant de pouvoir poser le pied par terre avait dit le toubib. Et pas pour courir un cent mètres il avait précisé, parce que c'était un comique. J'ai soupiré, une de mes principales activités. Ça et attendre le passage des infirmières qui me trouvaient sympa, drôle et courageux. Elles étaient mignonnes les infirmières, jolies comme tout, je dirais ! mais si elles avaient mieux à faire ailleurs, plus urgent, plus vital, surtout qu'elles se gênent pas, j'étais pas pressé qu'elles viennent me bricoler de partout ! Et puis il y avait le kiné, que j'aurais bien assommé à coups de bras plâtré, si j'avais eu la force. Je plaisante, en fait je l'aimais bien, même si j'aurais préféré partager une bière avec lui, ou un joint, plutôt que ces exercices plus tuants tu meurs.

J'entendais des bruits dans le couloir, des voix, des chuintements, des roulements, des trucs indéfinissables, des appels. Une activité infernale derrière la porte. La vraie usine. Un atelier de mécanique géant. Mais les mécaniques, c'étaient des gens plus ou moins amochés, plus ou moins en panne, plus ou moins bons pour la casse, et les mécanos avaient des blouses blanches et couraient dans tous les sens pour réparer ce qui pouvait être réparé, calmer les souffrances, refiler un peu d'espoir. J'en pleurais des fois, tout seul dans ma chambre, rien que d'y penser. Au dévouement.

Et pour ce qui était de moi, me laver le cul. La misère.

On a frappé à la porte.

– Entrez ! j'ai fait.

– Yo ! a fait Raw en pointant sa tête de piaf.

– Hé, mec ! a fait Janine, un beau pansement rose sur le front. On t'amène de la visite !

Derrière eux, à moitié cachée par un énorme bouquet de toutes les couleurs, Galatée.

Elle est entrée, marchant telle une reine dans son palais. J'ai cru que mon cœur allait jaillir de ma poitrine. Sa crinière fauve vibrant dans la lumière, la beauté parfaite de cette fille, pareille à un coup de sabre à travers mon esprit ! Elle souriait comme je ne l'avais jamais vue sourire ou peut-être une fois, le jour où à l'atelier elle m'avait demandé si je voulais être son Roméo. C'était Galatée et en même temps c'était une autre, une inconnue, plus grande, plus droite, plus flamboyante. Encore plus impressionnante pour le clampin que j'étais. Inabordable, je dirais.

Elle a tendu l'énorme bouquet à Janine qui l'a attrapé sans râler avant de se diriger direct vers le vase prévu pour cet usage dans le placard, preuve que c'était écrit à l'avance leur petit numéro, leur petite saynette sans paroles. Elle s'est approchée de mon lit, s'est penchée sur moi et ni une ni deux, elle m'a embrassé. Pas sur la joue. Avec la langue, les dents, la salive qui déborde et tout. La passion ! La brûlure ! Le goût de ses lèvres ! J'étais scié ! À l'envers ! Fracassé, voilà ! Chaviré dans son odeur animale ! Noyé dans sa chaleur ! Suffoqué par ses nénés s'écrasant contre ma poitrine !

Les deux autres en perdaient pas une miette tout en faisant comme s'iels (j'étais un gars grammaticalement à la pointe de l'innovation) regardaient ailleurs avec leurs sourires en coin de faux derches.

Après, quand on a retrouvé notre souffle, quand on est redescendus parmi les simples mortels, elle m'a chuchoté à l'oreille : « C'est pas pour te remercier Arthur ! Ce que tu as fait pour moi, c'est trop grand pour des remerciements ! C'est juste parce qu'il y a trop longtemps que j'en avais envie ! »

Les jours suivants j'ai eu la visite de mes grands-parents deux fois. Je ne savais pas ce que leur avait raconté la mama, mais ma grand-mère était au bord des larmes et mon grand-père me regardait comme si j'avais délivré la France à moi tout seul ! Ma mère passait tous les jours, Cloé une fois. Elle m'avait fait un beau dessin. Leïla, en compagnie de Galatée. Elle avait apporté une boîte de chocolats que nous avons ravagée en moins d'une heure. Galatée toute seule, une fois, en coup de vent, mais bien sûr, une chambre d'hôpital, c'était pas l'idéal pour les choses de l'amour et pour ce qui est des choses du sexe, vas-y avec une jambe et un bras en miettes. Sans oublier tous les bidules que je m'enfilais du matin au soir, et qui avaient tendance à me ramollir.

Cette vie est une vallée de larmes.

Cheffe Marianne est venue me voir aussi, ce qui m'a vraiment touché. Elle m'a fait promettre de me réinscrire à l'atelier la prochaine saison. « Tu es doué, Arthur, c'est peut-être un trait de famille. Dommage que tu sois si cossard et que tu ne saches jamais ton texte. » Toujours le mot pour rire, mademoiselle Marianne Fishberg.

Tous me trouvaient super courageux et vantaient ma bonne humeur dans ces douloureuses circonstances ! Douloureuses circonstances ? Je voyais pas bien de quoi ils parlaient alors que la plus belle fille du monde m'était tombée dans les bras. Dans le bras.

Je planais à mille kilomètres au-dessus de cette chambre d'hosto, j'étais en état d'apesanteur sur mon petit nuage doré effleuré par une douce brise au parfum de rose et de lilas et de toutes ces belles fleurs que m'avait offertes ma copine Galatée.

À la fin de la semaine, je suis sorti de l'hôpital. J'avais un beau fauteuil à roulettes, rouge pétard !

La salle de la MJC était pleine, bourrée à craquer, et tous autant que nous étions, en coulisse, nous commencions sérieux à glaglater dans nos beaux costumes d'époque ! Il y avait un nom tout con pour ce que nous ressentions : *le trac*. Autant dire qu'il y avait la queue devant les toilettes, comme disait Raw !

Cheffe Marianne faisait sa fière, nous balançait des regards, style je vous ai à l'œil mes cocos, je maîtrise la situation, pourtant elle était blanche comme un linge et toutes les deux secondes elle surveillait l'heure sur son téléphone. Galatée, Leïla, Janine, Raw et mézigue dans mon beau fauteuil rouge à roulettes, restions groupés dans notre coin, pareils à une portée de lapereaux apeurés dans leur terrier, quand rôde le renard cruel et rusé. Pour tous les autres, c'était pas mieux, même ceux qui s'étaient pris toute l'année pour des cadors, des vieux routiers. Personne ne frimait plus.

Kevin Marinaud, après avoir disparu un temps des radars, avait été retrouvé tabassé féroce, à moitié mort, dans une ruelle derrière l'usine de tuyaux plastique. Les flics n'étaient pas venus m'interroger, j'étais hors-jeu sur ce coup. Et puis très vite, deux types bien saumâtres, bien craignos, avaient été arrêtés, de gros dealers, maquereaux aussi, *de vrais truands carrément dangereux* comme les avaient appelés Janine. D'après elle, ils s'étaient vengés parce que Kevin avait laissé échapper Galatée qu'il leur avait vendue, ou alors il avait des dettes de came qu'il pouvait plus rembourser. Ou les deux. J'allais pas le plaindre. Les emmerdes, il se les était trouvées tout seul.

On m'avait retiré mon plâtre, mais je marchais avec des béquilles et j'avais encore besoin de mon fauteuil rouge à roulettes, parce que je fatiguais vite. La thèse officielle, c'était une mauvaise chute de vélo.

Des petits futés avaient fait le rapprochement avec l'embrouille entre Kevin et Galatée qu'il fallait être vraiment mou du bulbe pour ne pas l'avoir remarquée depuis que ça durait, sans compter les bruits qui couraient sur les raisons de son renvoi de son premier lycée. Tout le truc sentait la bonne histoire de cul, bien crade, bien bandante. Mieux qu'un porno sur le web, et peut-être que ça expliquait l'affluence ce soir. Tout le monde voulait savoir comment allait s'en sortir Galatée. Si elle allait se ramasser minable, si elle allait perdre la face devant cinq cents personnes, bredouiller son texte, se pisser dessus et mourir de honte, ou tomber dans les pommes encore une fois.

Ce qu'ils ne savaient pas, eux, c'est que la nana qu'ils connaissaient, l'esclave qui baissait la tête, qui disait jamais rien, qui suivait son bourreau comme un gentil toutou, avait disparu en même temps que le portable de Kevin par dix mètres de fond.

Celle qui allait apparaître sur le plateau, ils savaient rien d'elle ! Ils connaissaient pas sa force ! Ils savaient pas de quoi elle était capable, Galatée !

J'adorais son prénom, au début il coulait facile, *gala*, comme du miel, comme un bonbon, et à la fin il y avait ce *té*, qui claquait entre les dents, comme pour me mettre en garde. Qu'il fallait pas que je déconne avec elle, parce que question roi des connards, elle avait eu son compte !

Elle m'avait avoué que la première fois où nous avions joué ensemble la scène du balcon, elle avait su que quelque chose allait se passer. Que lorsque je connaîtrais son histoire, j'allais réagir. Elle ne savait pas pourquoi, mais elle en était certaine.

Elle avait eu tellement peur à ce moment-là qu'elle avait demandé à Janine de me faire jurer que je ne bougerais pas sans son accord. Elle savait qu'à la moindre alerte, Kevin diffuserait la vidéo. Il la lui avait montrée une fois et ce qu'elle avait vu, ce qu'ils lui avaient fait subir, ce qu'ils avaient fait d'elle, de son corps, elle aurait préféré mourir plutôt que quiconque le voie. Elle se sentait salie, se dégoûtait, même en sachant qu'elle était inconsciente, shootée à mort au GHB, ce soir-là.

En même temps elle espérait tous les jours, à chaque seconde, que j'allais désobéir, que j'allais péter un câble, et que j'allais la délivrer.

Moi aussi j'avais l'impression d'avoir changé, vieilli, grandi, d'être plus responsable, comme on dit. Je n'étais pas sûr que ça me plaise vraiment. Je n'étais pas sûr d'avoir vraiment envie de prendre cette voie, de devenir ce mec-là, adulte et propre sur lui. J'aimais bien l'Arthur qui glandait en jean cradingue sur la dune, s'envoyant une mousse et fumant un machino bien chargé, les yeux perdus sur l'horizon. J'aimais bien aussi être un jeune con qui n'en avait rien à foutre de rien. J'aimais bien ma vie comme elle avait été jusqu'ici. Ça ne menait nulle part, mais ça polluait peu.

Avec Galatée, pour l'instant, nous n'avions pas été beaucoup plus loin que le baiser ultime, le patin de compétition, mais j'étais pas pressé, c'était déjà énorme venant d'elle.

C'était presque l'heure. Ah ! j'allais mourir par arrêt cardiaque ! Je me suis dit je vais la jouer fine, genre je suis encore trop faible les mecs, voyez, je peux pas tenir debout, ma jambe me fait trop mal. Je vais me faire porter pâle ! Raw prendra ma place, comme prévu. Voilà l'idée géniale !

–Yo ! a fait Raw. Ça va, Arthur ?

C'était nul à chier comme idée. Bien sûr j'allais y aller, en rampant s'il le fallait. J'étais mort de trouille. Je me rappelais plus une ligne de mon texte ! Pourtant j'avais répété comme un malade, ma mère me donnait la réplique. J'pouvais quasi le réciter à l'envers, et là ! plus rien, le vide, le trou noir ! Cosmique !

– Ouais ! j'ai fait. À 1 000 % ! On va tout défoncer !

– Ouais ! a fait Raw.

Janine lui a souri. De toutes ses dents. On lui avait enlevé son appareil depuis une semaine. Elle aussi, elle avait changé.

– Ouais ! elle a fait.

– Ouais ! a fait Leïla.

– Ouais ! a fait Galatée sans quitter des yeux un point quelque part devant elle, concentrée comme pas possible.

On se la jouait courage et détermination !

Cinq cents spectateurs chauds bouillants ! Et une bande d'amateurs morts de trac, prêts à foncer droit au massacre. Il y avait toute la famille M'Boko, sauf le père qui était encore trop naze, paraît-il, pour affronter la foule. La mère de Galatée et son petit frère, les parents de Leïla, mais pas ceux de Janine, qui étaient à l'étranger et n'avaient pas pu rentrer à temps. Une habitude.

Ma mère était là aussi, au premier rang. Elle avait aidé sa copine Marianne pour les costumes. Des trucs simples, mais de bon goût. Elle avait fourgué le Cloporte à notre voisine Berthe. Elle comptait bien profiter à fond du spectacle, profiter à fond du talent incomparable de son fils Arthur pour la première fois sur les planches, rayonnant dans la lumière des projecteurs. Elle ne doutait pas une seconde que nous allions casser la baraque. Faire un triomphe. Elle n'était pas venue seule. Jean-Paul Malrieux était à son côté. Son nouveau copain, à part que celui-là, elle me l'avait pas caché. Mieux, il venait tous les jours à la maison. C'était mon bourreau personnel. Allez jeune homme, courage ! Faut le faire travailler ce genou ! C'était mon kiné.

Ma mère, elle me tuait.

Marianne a palabré dans son talkie avec la régie. C'était l'équipe technique de sa troupe qui avait assuré comme des chefs pour installer tout le matos, les gradins, les pendrillons, nous inventer un vrai théâtre.

Elle a levé le bras, trois doigts tendus. C'était le signal.

Trois minutes !

Noir salle.

Lumière plateau.

Roméo/Arthur (tenant Juliette dans ses bras) : *Un dernier regard ! Une dernière étreinte ! Un dernier baiser ! Viens, amer capitaine, viens, guide-moi sur les flots noirs. Timonier vite ! Lance sur les brisants ma barque démantelée par les tempêtes ! Je bois à mon amour !* (Il boit le poison.) *Je meurs ainsi... sur un dernier baiser !* (Il expire en embrassant Juliette.)

(Juliette ouvre les yeux sur Roméo gisant à son côté.)

Juliette/Galatée : *C'est le poison, je le vois, qui a causé ta fin. Oh Roméo, sans cœur, tu as bu tout le flacon ! Tu n'as pas laissé une seule goutte pour que je te rejoigne ! Je veux sur tes lèvres en trouver une trace qui me fera mourir.* (Elle l'embrasse.) *Tes lèvres encore chaudes...*

Un garde en coulisse : *Conduis-nous page, nous te suivons !*

Juliette : *Oh, du bruit, quelqu'un vient ! Hâtons-nous !* (saisissant le poignard de Roméo) *Heureux poignard ! Que mon sein soit ton fourreau ! Que mon sang rouille ta lame ! Et qu'elle me livre pour toujours à la mort, car Roméo pour toujours a fermé ses yeux !* (Elle meurt sur le corps de Roméo.)

NOIR

Mais c'était du théâtre. Dans la vie, la seule, la vraie, celle ousqu'on se prend des gnons et que ça pue des pieds, après la représentation, après les applaudissements à tout casser, après les saluts, Cheffe Marianne en larmes, portée en triomphe, on s'est tous retrouvés chez Janine. Raw, le Grand Sage, l'avait prévenue, ça risquait de tourner au carnage. Et alors, elle avait répondu, cette chierie de grande baraque, il faut bien qu'elle serve à quelque chose !

Une teuf d'enfer ! Grandiose ! Mémorable ! Une tuerie.

Tous bien vivants, vibrant d'énergie. Allumés complet ! Et pour ceux qui avaient deux guibolles en état de gigoter, sautant partout, dansant comme des barjots ! Remontés à bloc ! Hurlant, riant, buvant. Immortels.

Les vrais sauvages.

À un moment, allongé sur un canapé, je sirotais une bière en fumant un pétard, genre le paradis. Le premier joint depuis mon *accident de vélo*. Zen, tranquille, peinard, un sourire béat sur les lèvres. Je contemplais Galatée qui se trémoussait dans tous les sens, sa crinière comme un brasier. Son corps comme une liane. Alors, elle m'a regardé avec un drôle d'air. Bravache, je dirais. Farouche.

Elle s'est pointée, en nage, brûlante, échevelée, belle pareille à un jeune animal marchant dans un sous-bois, une déferlante sous la lueur de la lune, le vent poursuivant les nuages. Elle m'a regardé un moment sans rien dire, avec ce sourire en coin, les yeux comme des lames. J'ai compris que j'allais devoir assurer. J'ai compris que ça devenait sérieux, qu'on rigolait plus. Galatée s'est penchée sur moi, elle m'a chuchoté à l'oreille, à peine un murmure :

– Est-ce que tu pourras m'attendre, Arthur ?

– Oui ! j'ai répondu.

– Est-ce que tu seras patient, doux, sauvage ?

– Oui !

– Est-ce que ton cœur éclate comme éclate mon cœur ?

Avec dans sa voix cette espèce de fêlure qui me déchire à chaque fois.

– Oui ! Oui !

J'ai attrapé sa tignasse à pleine main et j'ai plongé dans son odeur fauve et salée, j'ai plongé comme on plonge dans la mer.

Yo !

Le passage en italique pp. 30-31 est extrait de Blade Runner *de Ridley Scott, texte imaginé et dit par Rutger Hauer.*

Les extraits de Roméo et Juliette *de William Shakespeare sont très librement inspirés de la traduction de François-Victor Hugo.*

CATALOGUE

août 2025

Corinne Aguzou
La Révolution par les femmes
Printemps
Les Rêves de l'Histoire

Nina Allan
Complications
Stardust
La Course
La Fracture
Le Créateur de poupées
Conquest
Les Bons Voisins

Les Alligators souriants – Voix d'écrivains
(disque compact hors commerce)

Thomas André
L'Avantage

Kenneth Anger
Hollywood Babylone (édition de luxe)

Association de malfaiteurs : 30 ans d'édition indépendante
(anthologie)

J.G. Ballard
La Foire aux atrocités
Millénaire mode d'emploi
Sauvagerie
Nouvelles complètes (en trois volumes)

Lester Bangs
Psychotic Reactions & autres carburateurs flingués
Fêtes sanglantes & mauvais goût
Lester Bangs : mégatonnique rock critic, biographie par Jim DeRogatis

Samuel Beckett
Solo, par David Warrilow (disque compact)

Mehdi Belhaj Kacem
Cancer
1993
Vies et morts d'Irène Lepic
L'Antéforme
Esthétique du chaos
Society
L'Essence n de l'amour (coédition Fayard)
Événement et répétition
L'Affect
eXistenZ

Maud Berthomier
Encore plus de bruit :
l'âge d'or du journalisme rock en Amérique

Pierre Bourgeade
Les Âmes juives
Warum
L'Éternel Mirage
L'Horloge
Les Boxeurs
Les Comédiens
Ramatuelle
Rêves de femmes, illustré par Willem
Le Diable
Éloge des fétichistes

Stewart Brand
L'Horloge du Long Maintenant
Discipline pour la planète Terre

Lenny Bruce
Irrécupérable

William S. Burroughs
Le Porte-lame

Catullus, petit chien, par Auxeméry

Vincent Colonna
Yamaha d'Alger
Ma vie transformiste
Autofiction & autres mythomanies littéraires

Charles Dickens
De Grandes Espérances

Isidore Ducasse
Poésies

Louis Dumur
Un coco de génie

Sylvie Durastanti
Sans plus attendre
Nous Deux roman-photo, et autres écrits pour Jean Eustache

Maurice Girodias
Président Kissinger

Pavel Hak
Safari
Sniper
Lutte à mort

Bernard Hœpffner
Portrait du traducteur en escroc

Denis Infante
Rousse ou Les beaux habitants de l'univers
Ce que nous sommes à la fin, des enfants sauvages

Les Vies parallèles de Jack Kerouac
biographie par Barry Gifford & Lawrence Lee

Celia Levi
Les Insoumises
Intermittences
Dix yuans un kilo de concombres
La Tannerie

Hubert Lucot
Le Grand Graphe
(roman mural, tapisserie de 12 m^2)
accompagné du livre *Le Graphe par lui-même*
Le Gato noir

Ferenc Molnár
Les Garçons de la rue Pál

Onuma Nemon
Ogr

Valère Novarina
Le Discours aux animaux I et *II (L'Animal du temps / L'Inquiétude)*
par André Marcon (double disque compact)

Edgar Allan Poe
Eurêka

Jackson Pollock
biographie par Steven Naifeh & Gregory White Smith

Ezra Pound
Je rassemble les membres d'Osiris
Henri Gaudier-Brzeska
(sculptures photographiées par Christian Roger)

Julián Ríos
Nouveaux Chapeaux pour Alice
Chez Ulysse
Cortège des ombres
Quichotte & Fils
Monstruaire
Pont de l'Alma

Maurice Roche
Compact (version originale en 7 couleurs)
Compact, lu par l'auteur (disque compact)
Mémoire

Alain Julien Rudefoucauld
Le Dernier Contingent
Une si lente obscurité

Lydie Salvayre
Famille

Princesse Sapho
Le Tutu

Arno Schmidt
Histoires
Vaches en demi-deuil
Tina ou de l'Immortalité suivi de
Arno à tombeau ouvert, monographie par Claude Riehl
Le Cœur de pierre
On a marché sur la Lande
Cosmas ou la Montagne du Nord
Goethe et un de ses admirateurs
Alexandre ou Qu'est-ce que la vérité ?
Scènes de la vie d'un faune
Brand's Haide
Les Enfants de Nobodaddy

Patti Smith
La Mer de Corail
(photographies de Robert Mapplethorpe, Lynn Davis et Edward Maxey)
Corps de plane, écrits 1970-79
Piss Factory 96 (disque compact hors commerce)

Laurence Sterne
La Vie et les opinions de Tristram Shandy
Le Roman politique
Un voyage sentimental suivi du *Journal à Élisa*

Robert Louis Stevenson
L'Île au Trésor

Whit Stillman
Les Derniers Jours du disco
Amour & Amitié

Hunter S. Thompson
Parano dans le bunker
Dernier Tango à Las Vegas
Nouveaux Commentaires sur la mort du Rêve Américain
Hunter S. Thompson : journaliste & hors-la-loi, biographie
par William McKeen

Mark Twain
Les Aventures de Tom Sawyer
Aventures de Huckleberry Finn
N° 44, le Mystérieux Étranger
L'Autobiographie de Mark Twain : Une histoire américaine
L'Autobiographie de Mark Twain : L'Amérique d'un écrivain

William T. Vollmann
Décentrer la Terre – Copernic et les révolutions des sphères célestes
Le Livre des violences
Le Roi de l'Opium et autres enquêtes en Asie du Sud-Est
Fukushima : dans la zone interdite
Tout le monde aime les Américains
et autres enquêtes en Afrique et dans le monde musulman

souple ÉDITIONS TRISTRAM

n° 1 **Laurence Sterne** – *La Vie et les opinions de Tristram Shandy*
n° 2 **Mark Twain** – *Les Aventures de Tom Sawyer*
n° 3 **Joyce Carol Oates** – *De la Boxe*
n° 4 **Hunter S. Thompson** – *Le Marathon d'Honolulu*
n° 5 **Lester Bangs** – *Psychotic Reactions & autres carburateurs flingués*
n° 6 **J.G. Ballard** – *Sauvagerie*
n° 7 **J.G. Ballard** – *Vermilion Sands*
n° 8 **Céline Minard** – *Bastard Battle*
n° 9 **Mark Twain** – *Aventures de Huckleberry Finn*
n° 10 **William T. Vollmann** – *Fukushima : dans la zone interdite*
n° 11 **Patti Smith** – *La Mer de Corail*
n° 12 **Kenneth Anger** – *Hollywood Babylone*
n° 13 **Alain Julien Rudefoucauld** – *Le Dernier Contingent*
n° 14 **Pierre Bourgeade** – *Les Âmes juives*
n° 15 **Arno Schmidt** – *Scènes de la vie d'un faune*
n° 16 **William McKeen** – *Hunter S. Thompson : journaliste & hors-la-loi*
n° 17 **Celia Levi** – *Les Insoumises*
n° 18 **Patti Smith** – *Les Années 70 : premiers écrits*
n° 19 **Lester Bangs** – *Fêtes sanglantes & mauvais goût*
n° 20 **J.G. Ballard** – *La Foire aux atrocités*
n° 21 **J.G. Ballard** – *La Bonté des femmes*
n° 22 **Pierre Bourgeade** – *Ramatuelle*
n° 23 **Pierre Bourgeade** – *Venezia*
n° 24 **Mark Twain** – *N° 44, le Mystérieux Étranger*
n° 25 **Nina Allan** – *Complications*
n° 26 **J.G. Ballard** – *La Face cachée du soleil*
n° 27 **J.G. Ballard** – *Super-Cannes*
n° 28 **Arno Schmidt** – *Histoires*
n° 29 **Leonard Gardner** – *Fat City*
n° 30 **Nina Allan** – *Spin*
n° 31 **Mehdi Belhaj Kacem** – *Artaud et la théorie du complot*
n° 32 **Princesse Sapho** – *Le Tutu*
n° 33 **Bernard Wallet** – *Paysage avec palmiers*
n° 34 **Kenneth Anger** – *Retour à Babylone*
n° 35 **Arno Schmidt** – *Le Cœur de pierre*
n° 36 **Mehdi Belhaj Kacem** – *Vies et morts d'Irène Lepic*
n° 37 **Éric Losfeld** – *Endetté comme une mule*
n° 38 **J.G. Ballard** – *Le Rêveur illimité*
n° 39 **J.G. Ballard** – *Le Jour de la création*
n° 40 **Pavel Hak** – *Sniper*
n° 41 **Jane Austen** – *Lady Susan*
n° 42 **Nina Allan** – *Stardust*
n° 43 **Nina Allan** – *La Course*
n° 44 **Celia Levi** – *Dix yuans un kilo de concombres*
n° 45 **Celia Levi** – *Intermittences*
n° 46 **Celia Levi** – *La Tannerie*

SOUPLE JEUNESSE

n° 1 **Mark Twain** – *Les Aventures de Tom Sawyer*

n° 2 **Mark Twain** – *Aventures de Huckleberry Finn*

SOUPLE DELUXE

n° 1 **Mark Twain** – *Les Aventures de Tom Sawyer*

n° 2 **Joyce Carol Oates** – *De la Boxe*

n° 3 **Patti Smith** – *La Mer de Corail*

n° 4 **J.G. Ballard** – *Sauvagerie*

n° 5 **Mark Twain** – *Aventures de Huckleberry Finn*

n° 6 **Lester Bangs** – *Psychotic Reactions & autres carburateurs flingués*

Composé
par Tristram
à Auch
et achevé d'imprimer
par l'imprimerie Laballery
à Clamecy
en juin 2025
pour le compte
des Éditions Tristram
39 boulevard Roquelaure
B.P. 90110
32002 – Auch cedex

ISBN 978-2-36719-104-1
Dépôt légal : juin 2025
Numéro d'impression : 505012
Imprimé en France